トモダチデスゲーム

九《きゅう》死《し》に一生《いっしょう》を得《え》る

もえぎ桃《もも》／作　久《く》我《が》山《やま》ぼん／絵

講談社 青い鳥文庫

トモダチゲーム　友《とも》だちリスト

PERFECT

漣《さざなみ》 蓮《れん》

勉強《べんきょう》ができてスポーツ万能《ばんのう》なイケメン。永遠《とわ》のクラスメイト。

久遠《くどう》永遠《とわ》

正義感《せいぎかん》が強《つよ》くてケンカは負《ま》けなし！　名門《めいもん》KK《ケーケー》学園中等部《がくえんちゅうとうぶ》の２年生《ねんせい》。

宝生《ほうじょう》 麗《うらら》

日本一《にほんいち》のお嬢《じょう》さま。永遠《とわ》のクラスメイト。

天地《てんち》神明《かみあき》

計算高《けいさんだか》くてドライな性格《せいかく》。永遠《とわ》のクラスメイト。

両《りょう》国《ごく》一《ひ》二《ふ》三《み》

度胸《どきょう》も体型《たいけい》も横綱級《よこづなきゅう》。
永遠《とわ》のクラスの委員長《いいんちょう》。

蛇《へび》野《の》杏《あん》奈《な》

自分《じぶん》のことしか考《かんが》えない自己中心的《じこちゅうしんてき》な女《おんな》の子《こ》。
永遠《とわ》のクラスメイト。

天《てん》地《ち》 月《つき》

ＫＫ《ケーケー》学園中等部《がくえんちゅうとうぶ》の１年生《ねんせい》で天地《てんち》の妹《いもうと》。
麗《うらら》が大好《だいす》き。

不知火《しらぬい》みめる

ＭＥＲＵ《める》という名前《なまえ》で活動《かつどう》している動画《どうが》クリエイター。
永遠《とわ》のクラスメイト。

WE ARE ALWAYS HAPPY

Happy Happy Happy!

エリナ・ミヤビ

マナのふたごの妹《いもうと》。
マナと顔《かお》がそっくりで、
考《かんが》え方《かた》も同《おな》じ。

マナ・ミヤビ

SDGs《エス・ディー・ジーズ》の活《かつ》動《どう》家《か》。目《め》が
見《み》えない。まるで人形《にんぎょう》
のように美《うつく》しい少女《しょうじょ》。

日《ひ》比《び》野《の》サキ

一夜《かずや》の彼女《かのじょ》で、ペアルック
を着《き》ている。ケンカは一夜《かずや》
よりも強《つよ》い。

遠《とお》坂《さか》一《かず》夜《や》

ドクロのマークが入《はい》っ
たつなぎを着《き》ている。
サキの彼氏《かれし》。

沢《さわ》村《むら》きゅるん

見《み》た目《め》が天使《てんし》のようにかわいい女《おんな》の子《こ》。小学《しょうがく》4年生《ねんせい》。

久《く》保《ぼ》田《た》優《ゆ》々《ゆ》

高校《こうこう》1年生《ねんせい》。長身《ちょうしん》でモデル並《な》みの美女《びじょ》。

春《はる》野《の》音《おん》羽《ぱ》

永遠《とわ》の地元《じもと》の友《とも》だち。かわいいファッションに命《いのち》をかけている男《おとこ》の子《こ》。

詩《し》野《の》セカイ・リカイ・ミライ

三《み》つ子《ご》のきょうだい。もともとは占《うらな》いユーチューバーとして活動《かつどう》していた。

水《みず》白《しろ》流《る》蘭《ら》

学《がっ》校《こう》でいじめられていた気《き》が弱《よわ》い女《おんな》の子《こ》。

夜《よる》野《の》 星《せい》

責任感《せきにんかん》のある男《おとこ》の子《こ》。趣味《しゅみ》は天体観測《てんたいかんそく》。

南《みなみ》波《なみ》七《な》海《み》

短気《たんき》で口《くち》は悪《わる》いけど、友《とも》だち思《おも》いで心《こころ》はやさしい女《おんな》の子《こ》。

五十嵐《いがらし》ルイ

黒《くろ》い仮面《かめん》をかぶっている男《おとこ》の子《こ》。ゲームが得意《とくい》。

森《もり》野《の》ソララ

ピースと一緒《いっしょ》にトモダチゲームを開催《かいさい》している女《おんな》の子《こ》。話《はな》し方《かた》が独特《どくとく》。

ピース・ホワイト

「ティーチャー」と名《な》乗《の》り、トモダチゲームを開催《かいさい》している女《おんな》の子《こ》。

峯《みね》岸《ぎし》士《し》郎《ろう》

元《もと》内《ない》閣《かく》総《そう》理《り》大《だい》臣《じん》で、トモダチゲームの最《さい》初《しょ》のゲームマスター。

スマイルくん

ピースの指《し》示《じ》に従《したが》ってトモダチゲームを運《うん》営《えい》しているAI《エーアイ》。

もくじ

最低最悪《さいていさいあく》、そして最凶《さいきょう》

ぼくはトモダチゲームのプレイヤー、久遠永遠《くどうとわ》。中学《ちゅうがく》2年生《ねんせい》。

トモダチゲームとは、友《とも》だち同士《どうし》を戦《たたか》わせ、裏切《うらぎ》り者《もの》が勝《か》ち上《あ》がる、最低最悪《さいていさいあく》のデスゲームだ。

もともとは「内閣総理大臣《ないかくそうりだいじん》の後継者選《こうけいしゃえら》び」を目的《もくてき》とした日本政府《にほんせいふ》の人材育成《じんざいいくせい》プロジェクト。「ティーチャー」と呼《よ》ばれるAI《エーアイ》がゲームを考《かんが》えていて、最初《さいしょ》のゲームマスターは当《とう》時《じ》の内閣総理大臣《ないかくそうりだいじん》、峯岸士郎《みねぎししろう》だった。

今《いま》はピース・ホワイトっていう変《へん》な女《おんな》の子《こ》がAI《エーアイ》を乗《の》っ取《と》って、自分《じぶん》のことを「ティーチャー」と呼《よ》ばせている。

こいつが仕掛《しか》けてくるトモダチゲームは最低最悪《さいていさいあく》、そして最凶《さいきょう》。

ピースは、ぼくとぼくの友《とも》だちを「タウン」という謎《なぞ》の町《まち》に誘拐《ゆうかい》し、「フレンドシューティングゲーム」を開始《かいし》した。

ぼくが勝《か》てば全員解放《ぜんいんかいほう》、負《ま》ければぼくだけ追放《ついほう》というルール。
絶対《ぜったい》に勝《か》たなきゃいけないゲームだったのに、ぼくは負《ま》けてしまった……。
結果《けっか》、友《とも》だちは全員《ぜんいん》タウンに取《と》り残《のこ》されたまま。
その数《かず》なんと30人《にん》！
ぼくはもう一度《いちど》タウンに戻《もど》って、友《とも》だちを助《たす》けなきゃいけない。
タウンがどこにあるかって？
それがわからないんだよな……。
地図《ちず》にも載《の》っていないし、スマホでも検索《けんさく》できないんだ。
タウンは見《み》た目《め》は新《あたら》しくてきれいなふつうの町《まち》。
住宅街《じゅうたくがい》にコンビニ、公園《こうえん》にショッピングモール。
警察署《けいさつしょ》や裁判所《さいばんしょ》、図書館《としょかん》や小学校《しょうがっこう》もある。
……だけど、住人《じゅうにん》がいない。
いるのは人型《ひとがた》のＡＩ《エーアイ》ロボット、ヒューマノイドだ。
通行人《つうこうにん》も、コンビニの店員《てんいん》も、ショッピングモールのお客《きゃく》さんも、全部《ぜんぶ》ヒューマノイド。
どこにも存在《そんざい》しない、ヒューマノイドが住《す》む謎《なぞ》の町《まち》。
でも、たしかにタウンはあるんだ。
そこにぼくの友《とも》だちがいる。
蓮《れん》、天地《てんち》、麗《うらら》、音羽《おんぱ》……。
絶対《ぜったい》に助《たす》け出《だ》すからな。
ピースをやっつけて、トモダチゲームを金輪際《こんりんざい》やめさせてやる。
待《ま》ってろよ、みんな……！

デマ拡散《かくさん》

あのとき。フレンドシューティングゲーム、最後《さいご》の最後《さいご》でぼくは負《ま》けた。

勝利確定《しょうりかくてい》だったのに、残《のこ》り1秒《びょう》で漣蓮《さざなみれん》に撃《う》たれてアウト。

目《め》を覚《さ》ましたときにはＫＫ学園《ケーケーがくえん》の正門前《せいもんまえ》にたおれていて、すぐに警察《けいさつ》に保護《ほご》された。

そして世間《せけん》は、いや世界《せかい》はとんでもないさわぎになっていた。

宝生《ほうしょう》コンツェルンのひとり娘《むすめ》・宝生麗《ほうしょううらら》の別荘《べっそう》で行《おこな》われた夏休《なつやす》みのパーティー。

そこに招《まね》かれたゲスト数十人《すうじゅうにん》が催眠《さいみん》ガスで眠《ねむ》らされ、そのうちＫＫ学園《ケーケーがくえん》の生徒《せいと》21人《にん》が誘《ゆう》拐《かい》された。

麗《うらら》の家《いえ》は世界《せかい》レベルのお金持《かねも》ちで、招待《しょうたい》されたクラスメイトも全員《ぜんいん》セレブ。蓮《れん》は大病院《だいびょういん》の跡取《あとと》りで、天地神明《てんちかみあき》は大物政治家《おおものせいじか》の息子《むすこ》、安斎妃咲《あんざいきさき》さんのお父《とう》さんは経済界《けいざいかい》の大物《おおもの》だ。

そんな家《いえ》の子《こ》がまとめて誘拐《ゆうかい》される大事件《だいじけん》。手《て》がかりはまったくなく、足取《あしど》りもつかめない。まるで煙《けむり》のように子《こ》どもたちが消《き》えてしまった。

世界《せかい》が震撼《しんかん》し、犯罪組織《はんざいそしき》の仕業《しわざ》だとか宇宙人《うちゅうじん》が連《つ》れ去《さ》ったんじゃないかとか、憶測《おくそく》が飛《と》び交《か》った。

そして2日後《ふつかご》、事件《じけん》は急展開《きゅうてんかい》。

誘拐《ゆうかい》された子《こ》どものうち、たったひとりだけ戻《もど》ってきた。

それが、ぼくだ。

マスコミは「KK《ケーケー》学園生徒大量誘拐事件速報《がくえんせいとたいりょうゆうかいじけんそくほう》！」「生徒《せいと》1名《めい》、解放《かいほう》される！」「事件《じけん》の真相《しんそう》が明《あき》らかに!?」と朝《あさ》から晩《ばん》までこの話題《わだい》で持《も》ちきりだったらしい。

ぼくも、警察《けいさつ》に事情《じじょう》を聞《き》かれて知《し》っていることを全部話《ぜんぶはな》した。捜査《そうさ》に全面協力《ぜんめんきょうりょく》した。

日本《にほん》の警察《けいさつ》は、世界《せかい》でも優秀《ゆうしゅう》なんだそうだ。特《とく》に誘拐事件《ゆうかいじけん》は、警察《けいさつ》が介入《かいにゅう》するとほとんど成功《せいこう》しないと言《い》われている。

だから、この大誘拐事件《だいゆうかいじけん》はすぐ解決《かいけつ》するかに思《おも》われた……。

でも、そうはならなかった。

解放《かいほう》されて、今日《きょう》で3日《みっか》経《た》つ。

今《いま》ぼくは、日本中《にほんじゅう》を敵《てき》に回《まわ》して大《だい》・大《だい》・大炎上中《だいえんじょうちゅう》!!

どれだけ燃《も》え上《あ》がっているかというと、「久遠永遠《くどうとわ》」と検索《けんさく》すればすぐわかる。

——久遠永遠《くどうとわ》、こいつサイアク
——久遠永遠《くどうとわ》、性格悪《せいかくわる》そう
——久遠永遠《くどうとわ》、マジでヤバいっぽい
うへえ……へこむ。

なんで被害者《ひがいしゃ》なのに、こんなことになってるかというと。

誘拐《ゆうかい》されたＫＫ《ケーケー》学園《がくえん》の生徒《せいと》の中《なか》でぼくだけは、ごくごくふつうの家《いえ》の子《こ》どもだった。

そのため警察《けいさつ》は、「身代金目当《みのしろきんめあ》ての誘拐事件《ゆうかいじけん》」と早々《そうそう》に決《き》めつけた。

ぼくの家《いえ》からはたいした身代金《みのしろきん》が取《と》れないから解放《かいほう》された。そう考《かんが》えたんだ。

もちろんぼくは、「そうじゃない！」と反論《はんろん》したよ。

ピースっていうイカれたヤツがタウンという町《まち》に子《こ》どもを集《あつ》めて、トモダチゲームをやらせてる。トモダチゲームはＡＩ《エーアイ》を使《つか》ったデスゲームで、命《いのち》の危険《きけん》もあるからすぐに助《たす》けてくれって。

ところが、警察《けいさつ》に「そんな町《まち》は存在《そんざい》しない。」と言《い》われてしまった。誘拐《ゆうかい》されるときに眠《ねむ》らされたから、夢《ゆめ》と現実《げんじつ》がごっちゃになってるんじゃないかとも。

トモダチゲームなんてありえないし、ヒューマノイドが住《す》んでる謎《なぞ》の町《まち》なんて、ゲームの設定《せってい》みたいだと鼻《はな》で笑《わら》われた。たしかにぼくはゲーム好《ず》きだけど、ゲームと現実《げんじつ》がちがうことくらいわかってるっての。

信《しん》じてもらえなくて、ぼくはあせった。

「だーかーらー！　タウンって町《まち》を捜《さが》せって！　そこにいるんだよ！　昔《むかし》の独裁国家《どくさいこっか》が作《つく》った町《まち》で、人間《にんげん》をカプセルで育《そだ》てる実験《じっけん》をしててー！」

熱《あつ》く語《かた》れば語《かた》るほど、警察《けいさつ》はちっとも信《しん》じてくれなくなり、これ以上《いじょう》、事情《じじょう》を聞《き》いても有益《ゆうえき》な情報《じょうほう》は得《え》られないと判断《はんだん》したらしい。「おうちに帰《かえ》ってゆっくり休《やす》んでね。」と家《いえ》に帰《かえ》されることになった。

そして警察署《けいさつしょ》から出《で》たとたん、マスコミに囲《かこ》まれた。

「ひとりだけ助《たす》かった子《こ》だよね？」

「インタビュー！　インタビュー！」

「なにがあったか教《おし》えてくれる!?」

マイクをいっぱい突《つ》きつけられて、全然《ぜんぜん》通《とお》してくれない。

イライラしていたし、そもそもぼくは、警察《けいさつ》に「マスコミにはなにも話《はな》さないように。」と注意《ちゅうい》を受《う》けていた。だからブスッとだんまりを決《き》めこんで、むりやり突破《とっぱ》しようとした。

その態度《たいど》に、一部《いちぶ》の記者《きしゃ》がムッとしたんだと思《おも》う。

急《きゅう》にいじわるな質問《しつもん》をされたんだ。

「どうしてきみだけ助《たす》かったの？　友《とも》だちを置《お》いて自分《じぶん》だけ逃《に》げてきたとか？」

はあ⁉

「てめーケンカ売《う》ってんのか！　バカにすんな！」

つい、言《い》い返《かえ》したのがよくなかった……。

後《あと》から考《かんが》えると、わざとあおって怒《おこ》らせて、なんでもいいから話《はな》させようという作戦《さくせん》だったんだな。

今《いま》ならわかる。どんなにムカついても、こういうときはスルーがいちばんなんだ。

でも、もう後《あと》の祭《まつ》りだった。

――「てめーケンカ売《う》ってんのか！」

この、ぼくがマスコミに怒鳴《どな》った映像《えいぞう》が、テレビやネットにバンバン流《なが》されることになった。

顔《かお》にモザイクはかかってるけど、何度《なんど》もテレビで「てめー！」が流《なが》されて、印象《いんしょう》は最《さい》悪《あく》。

さらにニュース番組《ばんぐみ》やワイドショーで、ぼくの映像《えいぞう》を見《み》たコメンテーターが、あれこれ勝手《かって》なことを言《い》いだした。

「うーん。あのＫＫ学園《ケーケーがくえん》の生徒《せいと》とは思《おも》えませんね。なんというか、野蛮《やばん》な態度《たいど》だなあ。」

「ＫＫ学園《ケーケーがくえん》といっても、実《じつ》はこの生徒《せいと》だけ、一般《いっぱん》のご家庭《かてい》のようですよ。」

「自分《じぶん》だけ仲間《なかま》はずれでさびしいとか、あるのかもしれないですね〜。」

って、なんでぼくだけクラスで仲間《なかま》はずれにされてるって決《き》めつけてんの!?

たしかに1年《ねん》のころはぼっちだったけど、今《いま》はふつーに友《とも》だちいるから！

そりゃ、すぐケンカ腰《ごし》になるのはよくないよ。そこは反省《はんせい》。でも、会《あ》ったこともないコメンテーターにテキトーなこと言《い》われんのって、マジでムカつく！

さらに最低《さいてい》だったのは、ネットだ。SNS《エスエヌエス》、もうホント、ぜーんぶウソばっか！

——こわっ。不良《ふりょう》っぽいやつマジむり！

——友《とも》だちが誘拐《ゆうかい》されたままなのにこの態度《たいど》？　冷《つめ》たくない？

だれかがSNS《エスエヌエス》でぼくのことを書《か》くと、それに反応《はんのう》してもっと過激《かげき》なことを書《か》くやつがボコボコわいてくる。

「不良《ふりょう》っぽい」が「不良《ふりょう》だ！」に、「冷《つめ》たくない？」が「冷酷《れいこく》！」とかになる。

そしてそんなうわさが、とうとうとんでもないデマを生《う》み出《だ》した。

——この子《こ》、誘拐犯《ゆうかいはん》の一味《いちみ》って可能性《かのうせい》もあるんじゃないか？

——ありえる！　KK学園《ケーケーがくえん》に生徒《せいと》としてもぐりこんで、情報《じょうほう》を流《なが》したのかも……！

——金持《かねも》ちの子《こ》が集《あつ》まるパーティーなんて、内部《ないぶ》の人間《にんげん》じゃないとわかるわけないだろ。こいつスパイで決定《けってい》
そんなわけあるかいっ！

でも、このうわさはあっという間《ま》に世界中《せかいじゅう》を駆《か》け巡《めぐ》った。

ネットでうわさや憶測《おくそく》が拡散《かくさん》すると、それがまるで真実《しんじつ》のように語《かた》られる。

翌日《よくじつ》には「犯人《はんにん》の一味《いちみ》」にされていた。

いや、ぼく被害者《ひがいしゃ》なんだけど⁉

じだんだをふんだけど、どうにもならない。

こうして、「KK《ケーケー》学園《がくえん》の久遠永遠《くどうとわ》」は誘拐《ゆうかい》の犯人《はんにん》に仕立《した》てられてしまった。

はあ……。炎上《えんじょう》なんかしてるひまないのに。

今《いま》すぐにでも、蓮《れん》たちを救出《きゅうしゅつ》しにいかなきゃいけないのに。

いったい、どうすればいいんだ……⁉

「永遠《とわ》。母《かあ》さんたち仕事《しごと》に出《で》かけるけど、絶対《ぜったい》に外《そと》に出《で》ちゃだめよ。マスコミの人《ひと》がうろうろしているし。」

「そうだぞ。迷惑系《めいわくけい》ユーチューバーが突撃《とつげき》してくるかもしれないからな。玄関《げんかん》もあけちゃいかんぞ。」

「わかってるー。いってらっしゃーい。」

母《かあ》さんと父《とう》さんに7匹《ひき》の子《こ》ヤギみたいなことを言《い》われて、はーっとため息《いき》をつく。

部屋《へや》に戻《もど》ると、学習机《がくしゅうづくえ》の上《うえ》のタブレットがピコンと鳴《な》った。

「お。来《き》た来《き》た！」

画面上《がめんじょう》には「ＭＩＹＡＢＩ《ミヤビ》」と通知《つうち》が来《き》ていて、ぼくは「アクセス許可《きょか》」をタップする。

炎上《えんじょう》して、いいことがひとつだけあった。

海外《かいがい》にいるミヤビ姉妹《しまい》が、心配《しんぱい》して連絡《れんらく》をくれたんだ。

ミヤビ姉妹《しまい》は、マナ・ミヤビとエリナ・ミヤビのふたご。

SDGs《エス・ディー・ジーズ》の活動家《かつどうか》で、何度《なんど》かトモダチゲームで戦《たたか》ったけど、ぼくは一度《いちど》も勝《か》てたことがない。切《き》れ者《もの》で敵《てき》に回《まわ》すと怖《こわ》いけど、味方《みかた》になってくれたらすごく心強《こころづよ》い。

家《いえ》から出《で》られないからって、手《て》をこまねいてはいられない。ぼくはビデオチャット機能《きのう》を使《つか》って、ウエブ会議《かいぎ》をすることにした。

画面《がめん》が上下《じょうげ》ふたつに割《わ》れて、下《した》にぼくの顔《かお》が映《うつ》る。

「お久《ひさ》しぶりです、永遠《とわ》さん。ずいぶん大変《たいへん》なことになってますわね。」

画面《がめん》の上半分《うえはんぶん》には、黒髪《くろかみ》の神秘的《しんぴてき》な美少女《びしょうじょ》がひとり。

「久《ひさ》しぶり！　ええっと……。」

「エリナです。となりでマナも聞《き》いていますわ。」

ミヤビ姉妹《しまい》は顔《かお》もそっくりだし、「ふたつの体《からだ》に、ひとつの魂《たましい》のふたご」と言《い》うくらいお互《たが》いの考《かんが》えていることが同《おな》じ。

唯一《ゆいいつ》のちがいは、マナは生《う》まれつき目《め》が見《み》えないことだ。

ピコン！　ピコン！　またタブレットに通《つう》知《ち》が来《き》た。

「サキさんと一夜《かずや》さんも来《き》た！」

アクセスを許可《きょか》すると、画面《がめん》がさらに分割《ぶんかつ》して、華《はな》やかな美人《びじん》と金髪《きんぱつ》の男子《だんし》が映《うつ》った。

「永遠《とわ》ちゃん、めっちゃ久《ひさ》しぶり〜！」

「よっ！　炎上《えんじょう》してるじゃん！」

サキさんと一夜《かずや》さんは、トモダチゲームで知《し》り合《あ》った仲良《なかよ》しカップル。いつもおそろいのつなぎ服《ふく》を着《き》ていて、ちょっと不良《ふりょう》っぽい中学《ちゅうがく》3年生《ねんせい》だ。

一夜《かずや》さんはイケメンの生徒会長《せいとかいちょう》で、ケンカもめちゃくちゃ強《つよ》い。

サキさんも姉御肌《あねごはだ》でかっこよくて、本気《ほんき》を

出《だ》すと一夜《かずや》さんより強《つよ》い。

「みんな、今日《きょう》はありがとう。マジ助《たす》かる……。」

ぼくらは「犯罪《はんざい》ゲーム」のときに、タウンに連《つ》れていかれたメンバー。

タウンの存在《そんざい》を知《し》っている、数少《かずすく》ない人間《にんげん》だ。

「それにしても、いったいどーなってんだ？　天地《てんち》たちが誘拐《ゆうかい》されたままとか、ありえねーだろ。政府《せいふ》は動《うご》いてくれないのか？　天地《てんち》の親父《おやじ》は？　政治家《せいじか》だろ？」

一夜《かずや》さんが言《い》うとおりで、ぼくも「だよな。」とうなずく。

この質問《しつもん》に答《こた》えたのはエリナだ。

「……政府《せいふ》はトモダチゲームプロジェクト自体《じたい》を公《おおやけ》にはしたくないのだと思《おも》います。むしろ、世間《せけん》の注目《ちゅうもく》を永遠《とわ》さんに集《あつ》めることで、真実《しんじつ》を隠《かく》そうとしているように見《み》える。悪《あく》質《しつ》なデマが拡散《かくさん》されても無視《むし》しているのは、そういうことでしょう。」

たしかに、トモダチゲームのことが世間《せけん》に知《し》られたら、批判《ひはん》が殺到《さっとう》するよな。

「警察《けいさつ》や政府《せいふ》に任《まか》せておいて、大丈夫《だいじょうぶ》なの？　ちゃんと救出《きゅうしゅつ》してくれるのかしら？」

サキさんの質問《しつもん》に、エリナが首《くび》を横《よこ》にふった。

「それは期待《きたい》できません。誘拐発生《ゆうかいはっせい》から5日《いつか》たつのに救出《きゅうしゅつ》されていないということは、タウンの場所《ばしょ》を把握《はあく》できていないということでしょう。そして、警察《けいさつ》がタウンを発見《はっけん》できる可能性《かのうせい》はきわめて低《ひく》い。」

「どうして？」

「「わたくしたちでも捜《さが》せなかったからです。」」

マナもしゃべったらしく、声《こえ》がエコーのようにひびいた。

「犯罪《はんざい》ゲームの後《あと》、タウンの場所《ばしょ》を突《つ》き止《と》めるべく、調査《ちょうさ》しました。わたくしたちは自然《しぜん》保護活動《ほごかつどう》の一環《いっかん》として、常《つね》に日本《にほん》の山林《さんりん》の情報《じょうほう》を集《あつ》めている。そのわたくしたちが日本中《にほんじゅう》を調《しら》べましたが、タウンと思《おも》える町《まち》は存在《そんざい》しませんでした。」

一夜《かずや》さんとサキさんが首《くび》をかしげた。

「……なんで見《み》つからないんだ？　おれたちいったのに。」

「絶対《ぜったい》に日本《にほん》のどこかにあるはずよね。」

そう。あのときは、車《くるま》でいって、車《くるま》で脱出《だっしゅつ》した。

「そのタウンについて、新《あたら》しい情報《じょうほう》があるんだ。」

ぼくは森野《もりの》ソララから聞《き》いた衝撃的《しょうげきてき》な事実《じじつ》を4人《にん》に報告《ほうこく》した。

ソララは、ピースと一緒《いっしょ》にいる風変《ふうが》わりな女《おんな》の子《こ》。

その子《こ》によると、タウンは医療用《いりょうよう》カプセルで人間《にんげん》を育《そだ》てるための実験施設《じっけんしせつ》だったという。赤《あか》ちゃんを入《い》れて、必要《ひつよう》な情報《じょうほう》だけを脳《のう》にインストールして、ある程度大《ていどおお》きくなったらカプセルの外《そと》に出《だ》して現実社会《げんじつしゃかい》を学習《がくしゅう》させる、そのための町《まち》。

この実験《じっけん》は「目的《もくてき》にそった人間《にんげん》を作《つく》る」ために行《おこな》われた。ソララとピースはその実験《じっけん》体《たい》。ソララは奴隷《どれい》、ピースは兵隊《へいたい》にするためにカプセルの中《なか》で育《そだ》てられた。

だからソララには感情《かんじょう》がなく、ピースには思《おも》いやりやモラルがない。奴隷《どれい》に喜怒哀楽《きどあいらく》は必要《ひつよう》ないし、兵隊《へいたい》にやさしさは不要《ふよう》だからだ。

この実験《じっけん》プロジェクトは、数十年前《すうじゅうねんまえ》、ある独裁国家《どくさいこっか》が始《はじ》めたらしい。

でも実験《じっけん》の途中《とちゅう》で国家自体《こっかじたい》が消滅《しょうめつ》して、その後《ご》、施設《しせつ》はさまざまな裏組織《うらそしき》や研究団体《けんきゅうだんたい》の手《て》に渡《わた》り、最終的《さいしゅうてき》に日本政府《にほんせいふ》が購入《こうにゅう》した。

「ひどい話《はなし》ね。」

「ああ。人間《にんげん》をなんだと思《おも》ってんだ。」

サキさんと一夜《かずや》さんが顔《かお》をしかめる。わかる。奴隷《どれい》や兵隊《へいたい》を作《つく》ろうだなんて、絶対《ぜったい》に許《ゆる》せないよな。

でも、エリナは独自《どくじ》の考《かんが》えを示《しめ》した。

「……カプセルで人間《にんげん》を育成《いくせい》……『商品《しょうひん》』として人間《にんげん》を作《つく》ろうとしたのだとしたら、失敗《しっぱい》ですわね。コスパもタイパも悪《わる》すぎますわ。」

長《なが》いまつ毛《げ》をふせて、ひとりごとのようにつぶやく。

「コ……コスパ？　なに？」

「コスパはコストパフォーマンスの略《りゃく》……コストは費用《ひよう》、パフォーマンスは効果《こうか》という意《い》味《み》です。費用《ひよう》と効果《こうか》のバランスのこと。タイパはタイムパフォーマンス、時間《じかん》と効果《こうか》のバランスのことです。つまり、お金《かね》も時間《じかん》もかかりすぎるのです。商売《しょうばい》として成《な》り立《た》ちません。奴隷《どれい》や兵隊《へいたい》がほしいなら、ヒューマノイドでじゅうぶんでしょう？」

エリナがきっぱりと言《い》った。

……そっか。カプセルで人間《にんげん》を作《つく》るのは、莫大《ばくだい》な費用《ひよう》と長《なが》い年月《ねんげつ》がかかる。

しかも、感情《かんじょう》のないロボットのような人間《にんげん》を作《つく》ろうとしたのに、実際《じっさい》にこの世界《せかい》に出《で》たら、ソララにはいろいろな感情《かんじょう》が生《う》まれた。ぼくと友《とも》だちになりたいと言《い》ってくれた。

「……とにかく、唯一《ゆいいつ》の証人《しょうにん》であるぼくは犯人《はんにん》あつかいで、タウンの発見《はっけん》は期待《きたい》できないし、トモダチゲームはなかったことにされている。今《いま》、はっきりしてるのはひとつだけだ。」

画面《がめん》の中《なか》の3人《にん》がぼくを見《み》る。

「警察《けいさつ》も政府《せいふ》もマスコミも、**大人《おとな》は当《あ》てにできない**ってことだ。」

全員《ぜんいん》、静《しず》かにうなずいた。

「これからどうするの？　ただだまって見《み》てるわけじゃないわよね？」

サキさんが言《い》う。

「……今《いま》のぼくらにできることは、ふたつある。ひとつは、ピースがトモダチゲームを始《はじ》めるのを待《ま》つ。あいつは必《かなら》ずまた仕掛《しか》けてくる。その情報《じょうほう》をキャッチする。」

ピースは〝学校《がっこう》ごっこ〟が好《す》きだ。あいつにとって、トモダチゲームはえらい先生《せんせい》になれる楽《たの》しい遊《あそ》び。だから、またなにか考《かんが》えてくるはず。

「もうひとつは……峯岸士郎《みねぎししろう》を捜《さが》す。」

元総理大臣《もとそうりだいじん》で、トモダチゲームの発案者《はつあんしゃ》。

「ピースとソララをゲームのアイテムとして使《つか》っていたのは峯岸士郎《みねぎししろう》だし、あいつがすべてを知《し》ってるはずだ。」

峯岸《みねぎし》は「脱獄《だつごく》ゲーム」でペナルティを受《う》けた後《あと》、体調不良《たいちょうふりょう》を理由《りゆう》に突然《とつぜん》、総理大臣《そうりだいじん》を辞職《じしょく》している。でも、ネットで「峯岸士郎《みねぎししろう》　その後《ご》」「峯岸士郎《みねぎししろう》　病気《びょうき》」と検索《けんさく》しても、なにも出《で》てこない。その後《ご》の足取《あしど》りはまったくつかめていない。

ぼくはぐっと画面《がめん》に顔《かお》を近《ちか》づけた。

「……峯岸捜《みねぎしさが》しを、マナとエリナにお願《ねが》いしたい。SDGs《エス・ディー・ジーズ》活動《かつどう》でつちかった人脈《じんみゃく》で、なんとかならないか？」

エリナは少《すこ》し目《め》を閉《と》じた後《あと》、ゾッとするくらいきれいな笑《え》みを浮《う》かべた。

「……わたくしたちの支援者《しえんしゃ》は世界中《せかいじゅう》にいます。必《かなら》ず捜《さが》しだしてみせますわ。」

タウンの30人《にん》

永遠《とわ》がフレンドシューティングゲームで敗北《はいぼく》した翌日《よくじつ》。

タウンは雲《くも》ひとつない快晴《かいせい》で、昨夜《さくや》の戦《たたか》いがうそのようなさわやかな朝《あさ》を迎《むか》えていた。

こんもりした緑《みどり》の山《やま》と、裾野《すその》の林《はやし》。林《はやし》をぬけるとショッピングモールがあり、その先《さき》には小《ちい》さな一戸建《いっこだ》てが整然《せいぜん》と並《なら》ぶ住宅街《じゅうたくがい》が広《ひろ》がる。

どこにでもある平凡《へいぼん》な町《まち》。だけど、奇妙《きみょう》なところがひとつ。静《しず》かすぎるのだ。

まっすぐな道路《どうろ》に車《くるま》は一台《いちだい》も通《とお》っておらず、歩道《ほどう》にも通行人《つうこうにん》の姿《すがた》はない。

家々《いえいえ》からはなんの生活音《せいかつおん》も聞《き》こえず、動《うご》いているものは風《かぜ》にそよぐ街路樹《がいろじゅ》だけ。

まるで悪《わる》い夢《ゆめ》のように、不気味《ぶきみ》に静《しず》まり返《かえ》っている。

だが、山《やま》のふもとにある古城《こじょう》のような建物《たてもの》にだけは、人《ひと》の気配《けはい》が濃密《のうみつ》にあった。

30人《にん》が監禁《かんきん》されている「ホテルタウン」である。

ホテルタウンは、1階《かい》がエントランスとレストラン、2階《かい》がリネン室《しつ》や会議室《かいぎしつ》のあるフロアで、3階《がい》から5階《かい》までが客室《きゃくしつ》だ。

その一室《いっしつ》で、漣蓮《さざなみれん》はまだぐっすりと眠《ねむ》っていた。

……おはようございます。みなさん、レストランで朝食《ちょうしょく》の準備《じゅんび》ができました。……

朝食《ちょうしょく》を呼《よ》びかける放送《ほうそう》に、ゆるやかに蓮《れん》の意識《いしき》が覚醒《かくせい》する。

「……うっ。」

目覚《めざ》めとともにズキズキとした痛《いた》みがやってきた。

おでこをさわると、たんこぶができていた。かなりでかい。痛《いた》い。

ふらふらとベッドから立《た》ち上《あ》がる。

(ここはどこだ……?)

寝《ね》ていたのは、白《しろ》いカーテンの天蓋《てんがい》付《つ》きベッド。広々《ひろびろ》とした室内《しつない》にはアンティークなソファーとテーブル、壁《かべ》には絵《え》の具《ぐ》をぶちまけたような絵《え》が飾《かざ》ってある。

「くそ……。」

昨日《きのう》と同《おな》じ部屋《へや》で、自分《じぶん》はまだ誘拐《ゆうかい》されたままだとわかった。

(たしかゲームが始《はじ》まって、ガスで眠《ねむ》らされて……その後《あと》は……うっ。)

なにかとんでもないことをしでかした気《き》もするが、思《おも》い出《だ》そうとすると余計《よけい》に頭《あたま》が痛《いた》くなる。

洗面所《せんめんじょ》にいき、ぬらしたタオルでたんこぶを冷《ひ》やす。少《すこ》しずつ痛《いた》みが引《ひ》いてきて、やっと頭《あたま》がはっきりしてきた。

（……永遠《とわ》はどこだ？　みんなはどうなった？）

急《いそ》いで1階《かい》のレストランへと向《む》かうと、すでに自分以外《じぶんいがい》の全員《ぜんいん》がそろっていた。

昨日《きのう》と同《おな》じビュッフェ形式《けいしき》の朝食《ちょうしょく》で、白《しろ》いエプロンをつけたメイドたちが次々《つぎつぎ》と料理《りょうり》を運《はこ》んでいる。メイドはみな同《おな》じ顔《かお》、同《おな》じ表情《ひょうじょう》をしたヒューマノイド。笑顔《えがお》なのが余計《よけい》に不《ぶ》気味《きみ》だ。

近《ちか》よりたくないのか、だれも料理《りょうり》には手《て》をつけず、グループで固《かた》まって不安《ふあん》そうに話《はな》し合《あ》っている。

「おい……。」

同《おな》じKK《ケーケー》学園《がくえん》の男子《だんし》グループに声《こえ》をかけると、

「ひええ！　漣《さざなみ》!?」

蓮《れん》の顔《かお》を見《み》た佐藤五郎《さとうごろう》が、うしろにぴょんっと飛《と》びのいた。

まわりにいた数人《すうにん》も、サーッと距離《きょり》を置《お》く。

「……え。」

とまどっていると、天地《てんち》があわてて話《はな》しかけてきた。

「ええと、おはよう蓮《れん》！　いろいろ大丈夫《だいじょうぶ》かい？　ちゃんと元《もと》に戻《もど》ってる？」

「……どういう意味《いみ》だ？」

顔《かお》をしかめていると、うしろからバン！　と背中《せなか》をたたかれた。

「よう、昨日《きのう》はよくもやってくれたな！　ガハハ！」

両国一二三《りょうごくひふみ》だった。両国《りょうごく》だけは、ビュッフェテーブルからつまんできたらしいバナナをもぐもぐ食《た》べていた。

蓮《れん》がだまっていると、両国《りょうごく》が首《くび》をかしげる。

「なんだ、もしかしてゲームのこと、覚《おぼ》えてないのか？　おれはだいたい思《おも》い出《だ》したぞ？」

「……全然覚《ぜんぜんおぼ》えてない。なにがあったんだ？」

昨日《きのう》。フレンドシューティングゲームで、ハンター役《やく》の両国《りょうごく》たち8人《にん》と、司令官役《しれいかんやく》の蓮《れん》は、獲物《えもの》の永遠《とわ》を撃《う》つようにと催眠《さいみん》をかけられた。

催眠《さいみん》でコントロールされた蓮《れん》は、冷酷無比《れいこくむひ》な殺戮《さつりく》マシンのごとく、容赦《ようしゃ》なく仲間《なかま》をたおしまくった。記憶《きおく》はいっさいない。

ちなみにたんこぶは最後《さいご》のゲームで、永遠《とわ》に強烈《きょうれつ》な頭突《ずつ》きをくらったせいである。

「ま、覚《おぼ》えてないならむりに思《おも》い出《だ》さなくていいと思《おも》うぜ！　知《し》らないほうが幸《しあわ》せだっつーこともあるしな！」

「それ余計《よけい》に気《き》になるんだが。」

視線《しせん》をみんなのほうに移《うつ》すと、全員《ぜんいん》が気《き》まずそうに目《め》をそらしたので、やっぱり思《おも》い出《だ》さなくてもいいかと考《かんが》えなおす。

「天地《てんち》。永遠《とわ》はどうなったんだ？」

「……いないよ。負《ま》けて、タウンから追放《ついほう》されたんだ。」

天地《てんち》がけわしい表情《ひょうじょう》になる。

タウンに残《のこ》されたのは、30人《にん》。

そのうち、ＫＫ《ケーケー》学園中等部《がくえんちゅうとうぶ》の生徒《せいと》は20人《にん》だ。

女子《じょし》は、宝生麗《ほうしょううらら》、不知火《しらぬい》みめる、蛇野杏奈《へびのあんな》、雪月花奈《せつげつかな》、ふたごの華原花恋《かはらかれん》＆《アンド》葉恋《はれん》、安斎《あんざい》妃咲《きさき》、柏木《かしわぎ》ゆきな、清水《しみず》さおり。それから天地《てんち》の妹《いもうと》の天地月《てんちつき》。

男子《だんし》は、漣蓮《さざなみれん》、天地神明《てんちかみあき》、両国一二三《りょうごくひふみ》、佐藤五郎《さとうごろう》、石川慶《いしかわけい》、伊藤直樹《いとうなおき》、木村一也《きむらかずや》、高《たか》木健《ぎけん》、宮本政宗《みやもとまさむね》、室伏大和《むろふしやまと》。

ＫＫ《ケーケー》学園《がくえん》以外《いがい》のメンバーは、詩野《しの》セカイ・リカイ・ミライの三《み》つ子《ご》、春野音羽《はるのおんぱ》、高校生《こうこうせい》の久保田優々《くぼたゆゆ》、小学生《しょうがくせい》の沢村《さわむら》きゅるん。

そして家出同級生《いえでどうきゅうせい》４人組《にんぐみ》、夜野星《よるのせい》、南波七海《みなみななみ》、水白流蘭《みずしろるら》、五十嵐《いがらし》ルイ。

天地《てんち》たちが話《はな》しているところに、蛇野《へびの》がやってきた。

「ねー、杏奈《あんな》たちいつ家《いえ》に帰《かえ》れるのー？　杏奈《あんな》、明日《あした》からハワイの予定《よてい》なんだけどー。」

蛇野《へびの》がくちびるをとがらすと、みんなからもいっせいに不満《ふまん》の声《こえ》が上《あ》がる。

「おれもゲームしてーし！　いい加減解放《かげんかいほう》しろってんだよな。」

「お母《かあ》さまが心配《しんぱい》してるわ……。」

「帰《かえ》りたい～！」

「てか漣《さざなみ》、マジで強《つよ》すぎなんだよ！　永遠《とわ》が勝《か》てば帰《かえ》れたのに！」

「なんかすまん……。」

ざわざわしていると、いきなり壁《かべ》のスクリーンにピースの顔《かお》が大映《おおうつ》しになった。

「帰《かえ》さないよっ！」

「「「わあっ！」」」

全員《ぜんいん》がびっくりして飛《と》び上《あ》がる。

「おっはよー！　みんなはね、次《つぎ》のトモダチゲームまで、ずっとタウンにいるの！　ホテルから出《で》ちゃ絶対《ぜったい》ダメだからね！　わかりましたか？」

銀色《ぎんいろ》の髪《かみ》に鳶色《とびいろ》の瞳《ひとみ》、ほっぺにそばかす。

体育《たいいく》の先生《せんせい》みたいなジャージを着《き》て、首《くび》からホイッスルを下《さ》げている。

「次《つぎ》のトモダチゲーム……？　ふざけんな！　だれがやるか！」

「いいからうちに帰《かえ》せ！　おれのパパは警視総監《けいしそうかん》と友《とも》だちなんだぞ！　おまえなんかすぐに捕《つか》まるからな！」

スクリーンに向《む》かって、両国《りょうごく》と佐藤《さとう》が怒鳴《どな》る。

「ピー！」

「「「わっ。」」」

いきなりピースがホイッスルを思《おも》いっきりふいて、全員《ぜんいん》がしかめっ面《つら》で耳《みみ》をおさえる。

「ピースは先生《せんせい》なんだよ！　悪《わる》い子《こ》はおしおきだからね！　バイバイ！」

ブツッ。唐突《とうとつ》にまた映像《えいぞう》が消《き》えた。

「うそだろ……。」

次《つぎ》のゲームと聞《き》いて、一気《いっき》に動揺《どうよう》が広《ひろ》がった。

「冗談《じょうだん》じゃねぇ！　もう逃《に》げようぜ！」

「そうだそうだ！」

「外《そと》に出《で》るぞ！」

叫《さけ》んで駆《か》けだしたのは佐藤《さとう》で、木村《きむら》と伊藤《いとう》がその後《あと》を追《お》う。

つられて「お、おれもー！」「あ、待《ま》ってわたしも！」「きゃー！　置《お》いてかないで！」

と、いっせいにエントランスへと走《はし》りだした。

「あ、待《ま》って！　うかつに動《うご》くと危険《きけん》だよ！」

天地《てんち》が懸命《けんめい》に止《と》めるが、半分以上《はんぶんいじょう》の人間《にんげん》がレストランから出《で》ていってしまう。

「どうする天地《てんち》？」

「うーん……ほっとくわけにもいかないし……。」

蓮《れん》と天地《てんち》が顔《かお》を見合《みあ》わせる。その近《ちか》くに、同《おな》じように部屋《へや》にとどまって動《うご》こうとしないグループがいた。

夜野《よるの》、南波《みなみなみ》、流蘭《るら》、ルイの４人《にん》である。

「……きみたちはいかないの？」

不思議《ふしぎ》に思《おも》って天地《てんち》が聞《き》くと、南波《みなみなみ》が親指《おやゆび》で夜野《よるの》を指差《ゆびさ》した。

「ヨルがいくなって言《い》うからさ。」

南波《みなみなみ》はボサボサの赤髪《あかがみ》に緑色《みどりいろ》の目《め》をした、口《くち》が悪《わる》くてワイルドな女《おんな》の子《こ》。

「うん……今《いま》タウンから出《で》るのはむりだと思《おも》う。おとなしくしていたほうがいいよ。」

夜野《よるの》は天体観測《てんたいかんそく》が趣味《しゅみ》の、礼儀正《れいぎただ》しい男《おとこ》の子《こ》だ。

横《よこ》で、流蘭《るら》とルイが首《くび》をかしげている。

「どうし……て？　わたしたち、裏《うら》の山《やま》からタウンに来《き》たよね……？　山《やま》から外《そと》へ出《で》られるんじゃないの……？」

流蘭《るら》は自己肯定感《じここうていかん》ゼロで、いつもおどおどしている女《おんな》の子《こ》。

「ん。山《やま》。」

ルイは、声《こえ》を出《だ》すことが苦手《にがて》で人《ひと》と話《はな》せない男《おとこ》の子《こ》。顔《かお》を隠《かく》すと少《すこ》しだけ話《はな》せるようになるので、いつも黒《くろ》い仮面《かめん》をかぶっている。

4人《にん》は同《おな》じクラスの中学《ちゅうがく》2年生《ねんせい》。家出《いえで》しようとして遭難《そうなん》し、さんざん山《やま》の中《なか》をさまよってタウンにたどりついた。

「……今日《きょう》はまだ半月《はんげつ》だから、山《やま》にいっても出《で》られないと思《おも》う。」

夜野《よるの》が言《い》う。

「はんげつ？　半分《はんぶん》のお月様《つきさま》のことか？」

南波《みなみなみ》がきょとんとする。

「それがタウンとなんの関係《かんけい》が？」

天地《てんち》も夜野《よるの》にたずねる。

そのとき……。

「きゃーっ！」

「わああっ！」

エントランスのほうから、悲鳴《ひめい》が聞《き》こえてきた。

怪力《かいりき》メイド

蓮《れん》、天地《てんち》たちがあわてて駆《か》けつけると……。

「いたた……。」

エントランスロビーは、豪華《ごうか》なシャンデリアに大理石《だいりせき》の床《ゆか》。

壁《かべ》は大《おお》きなガラス窓《まど》で、美《うつく》しい中庭《なかにわ》がまるで絵画《かいが》のように切《き》り取《と》られている。

そのエレガントな空間《くうかん》で、佐藤《さとう》が苦《くる》しげに横《よこ》たわっていた。

ほかの者《もの》は、みなおびえた様子《ようす》で身《み》をよせ合《あ》っている。

「なにがあった!?」

「天地《てんち》くん！　あのメイドが……！　外《そと》に出《で》ようとした佐藤《さとう》くんを捕《つか》まえて、いきなり投《な》げ飛《と》ばしたの。」

「投《な》げ飛《と》ばした!?」

麗《うらら》の人差《ひとさ》し指《ゆび》の先《さき》には、不気味《ぶきみ》な笑顔《えがお》のメイドヒューマノイドがひとり、自動《じどう》ドアを背《せ》

にして立《た》っている。

にわかには信《しん》じられないでいると、両国《りょうごく》がズイッと前《まえ》に出《で》た。

「くっそう、次《つぎ》はおれが相手《あいて》だ！　そこをどきやがれー！」

相撲取《すもうと》りのような巨体《きょたい》でメイドに突進《とっしん》すると、ドスン！　と体当《たいあ》たりをかます。

だが、メイドはびくともしない。

それどころか、両国《りょうごく》の大《おお》きな体《からだ》を抱《だ》きかかえると、軽々《かるがる》と持《も》ち上《あ》げた。

「うわわっ！」

ブンッ！　そのまま勢《いきお》いよくほうり投《な》げる。

「うぎゃっ！」

大理石《だいりせき》の床《ゆか》に両国《りょうごく》の巨体《きょたい》がたたきつけられ、「きゃあーっ！」「ひいっ！」とまた悲鳴《ひめい》が上《あ》がる。

「両国《りょうごく》！」

蓮《れん》がとっさに駆《か》けよるが、メイドはまるでなにごともなかったかのように、また同《おな》じ位《い》置《ち》に戻《もど》る。

tomodesu

「……お兄《にい》ちゃん、怖《こわ》いよぅ。」

月《つき》がおびえて、天地《てんち》の背中《せなか》に隠《かく》れるようにしがみついてくる。

「大丈夫《だいじょうぶ》だよ、月《つき》。たぶん……近《ちか》づかなければ襲《おそ》ってはこないんだ。」

天地《てんち》がやさしく声《こえ》をかける。

「ちがうの、お兄《にい》ちゃん。あっち……。」

ふるえる指《ゆび》で、月《つき》が窓《まど》のほうを差《さ》した。

「……う！」

「きゃああ！」

「怖《こわ》いっ。」

異様《いよう》な光景《こうけい》に、また悲鳴《ひめい》が上《あ》がった。

大《おお》きなガラス張《ば》りの窓《まど》の向《む》こう。

ホテルの中庭《なかにわ》に、いつの間《ま》にかたくさんの人《ひと》が立《た》っていた。

スーツを着《き》たビジネスマン、白髪《はくはつ》のおばあさん、ランドセルを背負《せお》った小学生《しょうがくせい》。

夏《なつ》の日差《ひざ》しの中《なか》、メイドとまったく同《おな》じほほえみを浮《う》かべて、天地《てんち》たちを見《み》つめている。

「あれ、ヒューマノイドだよね？　なんでこんなに集《あつ》まってきてるの……？」

流蘭《るら》が、南波《みなみなみ》の左腕《ひだりうで》に抱《だ》きつく。

「くそっ……監視《かんし》だろうな。ホテルの外《そと》に出《で》ないように、見張《みは》ってんだろ。」

南波《みなみなみ》はボサボサの髪《かみ》をかきむしりながら、吐《は》き捨《す》てるように言《い》った。

「そういえば、ソララさんから聞《き》いたことがある。ヒューマノイドの目《め》は監視《かんし》カメラになってるって。」

夜野《よるの》が言《い》うと、窓側《まどがわ》にいた者《もの》たちが「ええっ。」「やだっ。」と後《あと》ずさる。

ホテルの中《なか》には怪力《かいりき》メイド、外《そと》には監視《かんし》ヒューマノイドたち。

ピースは本気《ほんき》で、30人《にん》をホテルに閉《と》じこめるつもりらしい。

そんな絶望的《ぜつぼうてき》な状況《じょうきょう》の中《なか》、蓮《れん》だけは淡々《たんたん》と佐藤《さとう》と両国《りょうごく》の手当《てあ》てをしていた。

「動《うご》けるか？」

「くそー、いててて……。」

「うぐ……。」

佐藤《さとう》は自力《じりき》で立《た》ち上《あ》がれたが、両国《りょうごく》は痛《いた》みにうめいている。

「打撲《だぼく》だろうな。すぐ冷《ひ》やしたほうがいい。レストランから、タオルと氷《こおり》を持《も》ってくる。」

蓮《れん》が立《た》ち上《あ》がる。

「わたしも手伝《てつだ》うわ。」

気《き》づいた麗《うらら》も一緒《いっしょ》にいこうとすると。

「ちょっと待《ま》ったー！」

金切《かなき》り声《ごえ》を上《あ》げたのは、蛇野《へびの》だった。

「そのふたりで別行動《べっこうどう》とかされたくないんだけど！　氷《こおり》は天地《てんち》くんが持《も》ってきてよっ！」

「えっ……ぼく？」

名指《なざ》しされた天地《てんち》が目《め》を丸《まる》くする。

「別《べつ》にだれが取《と》りにいったっていいでしょ。いったいなんなの。」

麗《うらら》がムッとして立《た》ち止《ど》まる。

「ふん。漣《さざなみ》くんと麗《うらら》で、みんなを見捨《みす》てて逃《に》げるかもしれないじゃん。」

「なんですって……？」

麗《うらら》の片《かた》まゆが、ピクッとつり上《あ》がった。

「意味《いみ》がわからないわ。いくらわたしのことが嫌《きら》いだからって、いちいちケンカ売《う》るの、やめてくれないかしら？」

麗《うらら》はふだんは品《ひん》のあるお嬢《じょう》さまだが、性格《せいかく》はキツく、怒《おこ》るとかなり怖《こわ》い。

「なによ。ふたりが婚約者《こんやくしゃ》だってこと、杏奈《あんな》だって知《し》ってるんだから。これだけ大人数《おおにんずう》なのよ？　全員《ぜんいん》で動《うご》いたら見《み》つかるに決《き》まってるじゃない。だから麗《うらら》と漣《さざなみ》くんだけで、こっそり逃《に》げるつもりでしょ。」

麗《うらら》の美《うつく》しいまゆがますますつり上《あ》がる。

「そんなことするわけないでしょう。バカじゃないの？」

「バカって言《い》ったわね！　なによえらそうに！」

「だって本当《ほんとう》のことじゃない！　バカよバカ！　大《おお》バカ！」

ガチの口《くち》ゲンカを始《はじ》めたので、あわててみめると花奈《かな》が仲裁《ちゅうさい》に入《はい》る。

「落《お》ち着《つ》いて麗《うらら》！　あ、あの、わたしが氷《こおり》を持《も》ってくるよ。」

「あ、わたしもいく！」

蛇野《へびの》が「それもダメっ！」とまた怒鳴《どな》った。

「天地《てんち》くんがひとりでいかなきゃダメよ。みめると花奈《かな》は逃《に》げるかもしれないけど、天地《てんち》くんは、大事《だいじ》な妹《いもうと》を残《のこ》して逃《に》げたりしないから。」

あまりの言《い》い分《ぶん》に、麗《うらら》の怒《いか》りが爆発《ばくはつ》した。

「いい加減《かげん》にしなさい！　あなたどこまで人《ひと》を信用《しんよう》しないわけっ⁉　みめると花奈《かな》がそんなことするわけないでしょう！　失礼《しつれい》にもほどがあるわ！　今《いま》すぐ謝罪《しゃざい》しなさいっ！」

麗《うらら》がブチ切《ぎ》れると、「そうだそうだ！」「だまれ蛇野《へびの》！」「感《かん》じ悪《わる》すぎんだろ！」と声《こえ》が上《あ》がる。

非難《ひなん》ごうごうの中《なか》、蛇野《へびの》は「ふん！」と腕《うで》を組《く》んでクラスメイトをにらみつけた。

「……みんなは、絶対《ぜったい》に友《とも》だちはそんなことはしないって言《い》い切《き》れるの？　1年前《ねんまえ》、天地《てんち》くんにこっぴどく裏切《うらぎ》られたのに？　もし脱走者《だっそうしゃ》が出《で》たら、ピースが怒《おこ》って、残《のこ》った人間《にんげん》をひどい目《め》にあわすかもしれないのよ？」

広《ひろ》いロビーが、一瞬《いっしゅん》でシンとする。

天地《てんち》は1年前《ねんまえ》のトモダチゲームで、クラスメイト全員《ぜんいん》をだまして優勝《ゆうしょう》しようとした。最《さい》後《ご》の最後《さいご》で永遠《とわ》に逆転《ぎゃくてん》されたが、裏切《うらぎ》られた者《もの》のショックは大《おお》きかった。

ロビーが水《みず》を打《う》ったように静《しず》まり返《かえ》り、だれも動《うご》こうとしない。

天地《てんち》はうつむいてくちびるをかみ、麗《うらら》も気《き》まずそうに蛇野《へびの》から視線《しせん》をそらしてしまう。

「……おれは、蛇野《へびの》の言《い》うことも一理《いちり》あると思《おも》う。」

しばしの沈黙《ちんもく》を破《やぶ》ったのは、意外《いがい》な人物《じんぶつ》だった。

「……は？」

声《こえ》の主《ぬし》を見《み》て、びっくりしたのは蛇野自身《へびのじしん》だ。

「トモダチゲームは裏切《うらぎ》りのゲームだ。蛇野《へびの》がそう考《かんが》えるのも、むりはない。」

蓮《れん》だった。

裏切《うらぎ》りのゲーム。まさしくそのとおりで、天地《てんち》だけじゃなく、「トモダチオーディション」ではきゅるんが全方位《ぜんほうい》にうそをつきまくり、「詐欺《さぎ》ゲーム」では優々《ゆゆ》が永遠《とわ》を裏切《うらぎ》っている。その永遠《とわ》も「ゲーム・ゲーム・ゲーム」では味方《みかた》ごとだまして勝利《しょうり》を手《て》に入《い》れた。

「信用《しんよう》するもなにも、昨日会《きのうあ》ったばかりの人間《にんげん》だっている。それに不安《ふあん》に思《おも》ったことを口《くち》にするのは、責《せ》められるようなことじゃない。言《い》い方《かた》はあると思《おも》うが。」

蓮《れん》の言《い》うことに深《ふか》くうなずいたのは、ほかならぬ天地《てんち》だった。

「……そうだね。ぼくがみんなを裏切《うらぎ》ったのは事実《じじつ》だし……友《とも》だちだから信用《しんよう》しろとは、口《くち》が裂《さ》けても言《い》えないよ。氷《こおり》は、ぼくが持《も》ってくる。」

そう言《い》うと、ひとりでレストランへと歩《ある》きだした。

だが2、3歩進《ぽすす》んだところでなぜか立《た》ち止《ど》まり、少《すこ》しためらった後《あと》、ふり返《かえ》ってクラスメイトに向《む》き合《あ》う。

自分《じぶん》を見《み》ているたくさんの顔《かお》を見《み》つめ返《かえ》すと、パッと頭《あたま》を下《さ》げた。

「みんな、本当《ほんとう》にごめん！　……あのときぼくは、自分《じぶん》さえ勝《か》てればそれでいいと考《かんが》えてた。でも……永遠《とわ》は、全然《ぜんぜん》ちがった。あんな人間《にんげん》がいるなんて、衝撃《しょうげき》だった。」

最初《さいしょ》のトモダチゲームが行《おこな》われたとき、永遠《とわ》はぼっちだった。

お金持《かねも》ちばかりの学校《がっこう》で、たったひとりのふつうの家《いえ》の子《こ》。

親《した》しい人間《にんげん》もおらず、空気《くうき》のようにだれにも相手《あいて》にされない存在《そんざい》だった。

その永遠《とわ》が、クラスメイトを救《すく》うために、自分《じぶん》のすべてを投《な》げ出《だ》して戦《たたか》ったのだ。

「自分《じぶん》だけトクをしようとしたぼくが負《ま》けて、みんなを助《たす》けようとした永遠《とわ》が勝《か》った……皮肉《ひにく》だよね。トモダチゲームは最悪《さいあく》だけど、おかげでちがう生《い》き方《かた》を知《し》ることができたよ。」

一呼吸置《ひとこきゅうお》くと、天地《てんち》は決意《けつい》をこめた声《こえ》で言《い》った。

「ぼくが言《い》うなって感《かん》じだけど……信《しん》じ合《あ》って、助《たす》け合《あ》えば、必《かなら》ず脱出《だっしゅつ》できると思《おも》う。そのためにぼくは、全身全霊《ぜんしんぜんれい》を尽《つ》くすつもりだよ。」

天地《てんち》はもう一度深《いちどふか》く頭《あたま》を下《さ》げると、レストランへと走《はし》っていく。

そのうしろ姿《すがた》が見《み》えなくなると、再《ふたた》び麗《うらら》が口《くち》を開《ひら》いた。

「……杏奈《あんな》の言《い》うことはわかったわ。でも、ここで疑心暗鬼《ぎしんあんき》になって、お互《たが》いを監視《かんし》し合《あ》っても意味《いみ》ないでしょ。この状況《じょうきょう》は絶対《ぜったい》によくない。」

「なによ、また杏奈《あんな》のせい？」

「そうじゃないわよ。疑《うたが》い合《あ》うんじゃなく……天地《てんち》くんの言《い》うとおり、信《しん》じ合《あ》うほうがいいと思《おも》ったの。」

蓮《れん》と天地《てんち》のおかげで、麗《うらら》の頭《あたま》も冷静《れいせい》になった。

「みんなで話《はな》し合《あ》って、これからのことを決《き》めるべきだわ。だから提案《ていあん》なんだけど……リーダーを決《き》めるってどうかしら？　わたしたちをまとめてくれる人《ひと》が必要《ひつよう》だわ。」

麗《うらら》の呼《よ》びかけに、やっとみんなが前向《まえむ》きな雰囲気《ふんいき》になる。

「いいんじゃない？」

「じゃ、だれがリーダーになるんだ？」

30人《にん》をまとめ、脱出《だっしゅつ》に向《む》けて計画《けいかく》を立《た》て、正《ただ》しい判断《はんだん》ができる人材《じんざい》。

これはかなり難《むずか》しい問題《もんだい》だった。

クラス委員長《いいんちょう》は両国《りょうごく》だが、ケガをして動《うご》くのもつらそうだ。それに、両国《りょうごく》は熱血漢《ねっけつかん》でいいやつだが、すぐカッとなるところがある。冷静《れいせい》に判断《はんだん》できるかどうかはあやしい。

蓮《れん》も冷静《れいせい》なように見《み》えて、怒《おこ》ると後先考《あとさきかんが》えずに行動《こうどう》してしまう。あと昨日《きのう》の司令官《しれいかん》っぷりが冷酷《れいこく》すぎて怖《こわ》い。

学園女王《がくえんじょおう》・麗《うらら》はカリスマ性《せい》はあるが、すぐに蛇野《へびの》とケンカするし、やさしいときと怒《おこ》ったときのギャップが激《はげ》しすぎる。

だれがリーダーにふさわしいかそれぞれ頭《あたま》を悩《なや》ませていると……。

「**我《われ》は未来《みらい》を知《し》る者《もの》なり我《われ》は世界《せかい》を知《し》る者《もの》なり我《われ》は真実《しんじつ》を理解《りかい》せし者《もの》なり……。**」

突然《とつぜん》、ミライが両手《りょうて》を合《あ》わせ、お経《きょう》のように呪文《じゅもん》を唱《とな》えはじめた。

「えっ!?」「な、なに?」「念仏《ねんぶつ》か?」

ミライはピンクの髪《かみ》の毛《け》をした、三《み》つ子《ご》の末《すえ》っ子《こ》の女《おんな》の子《こ》だ。

全員《ぜんいん》の注目《ちゅうもく》が集《あつ》まると、ミライをはさむようにして、緑色《みどりいろ》の髪《かみ》をしたセカイ、青《あお》い髪《かみ》のリカイも手《て》を合《あ》わせる。

「「「**我《われ》は未来《みらい》を知《し》る者《もの》なり我《われ》は世界《せかい》を知《し》る者《もの》なり我《われ》は真実《しんじつ》を理解《りかい》せし者《もの》なり……。**」」」

三《み》つ子《ご》が並《なら》んで呪文《じゅもん》を唱《とな》え、それからミライがゆっくりと息《いき》を吐《は》いた。

「……未来《みらい》、見《み》えました。」

たっぷり間《ま》を取《と》って言《い》うと、人差《ひとさ》し指《ゆび》と親指《おやゆび》で丸《まる》を作《つく》って、のぞくように両目《りょうめ》に当《あ》てた。

「この場《ば》のリーダーにふさわしいのは……天地神明《てんちかみあき》です!」

ええっ、と驚《おどろ》きの声《こえ》があちこちで上《あ》がる。

「天地《てんち》くんがリーダーとなって全員《ぜんいん》で脱出《だっしゅつ》する未来《みらい》、ばっちり見《み》えたよ!」

「ミライの千里眼《せんりがん》はなんでもお見通《みとお》し！」

「三《み》つ子占《ごうらな》い、的中率《てきちゅうりつ》は１００パーセント！」

息《いき》の合《あ》ったセリフとポーズでバチッと決《き》める。

実《じつ》は三《み》つ子《ご》、もともとは占《うらな》いユーチューバー。

あっけに取《と》られているみんなの顔《かお》を見回《みまわ》して、セカイがニヤリと笑《わら》った。

「……というのは冗談《じょうだん》だけどな。でも、おれらは天地《てんち》をリーダーに推《お》す。理由《りゆう》は、さっき天地《てんち》が言《い》ったことは、全部本当《ぜんぶほんとう》だから。彼《かれ》はうそをついていない。」

「……なんでそんなことがわかるの？」

１年前《ねんまえ》、天地《てんち》に裏切《うらぎ》られた花奈《かな》が、疑《うたが》わしげに聞《き》く。

「声《こえ》のトーンも落《お》ち着《つ》いていて、視線《しせん》もまっすぐだった。『全身全霊《ぜんしんぜんれい》を尽《つ》くす』は、彼《かれ》の本音《ほんね》でまちがいない。」

三《み》つ子《ご》には、「コールド・リーディング」という特技《とくぎ》がある。

表情《ひょうじょう》や仕草《しぐさ》、反応《はんのう》から性格《せいかく》や気持《きも》ちを読《よ》み取《と》る心理《しんり》テクニックだ。

「それに、千里眼《せんりがん》はぶっちゃけ言《い》い過《す》ぎだけどー、わたしたち、直感《ちょっかん》には自信《じしん》があるの。

リーダーは天地《てんち》くん。それできっとうまくいくよ。」

これも真実《しんじつ》だった。三《み》つ子《ご》には生《う》まれつき不思議《ふしぎ》な霊能力《れいのうりょく》があり、「キッズラスベガス」では、セカイがルーレットを連続《れんぞく》で当《あ》てている。

「そうね……この中《なか》でトモダチゲームの経験《けいけん》がいちばんあるのも天地《てんち》くんだし……。」

「今必要《いまひつよう》なのは、冷静《れいせい》さと知恵《ちえ》。彼《かれ》はそのふたつを兼《か》ね備《そな》えてるわ。」

麗《うらら》と優々《ゆゆ》が賛成《さんせい》の挙手《きょしゅ》をする。

「おれも賛成《さんせい》だ！　天地《てんち》でいいだろ。昔《むかし》、裏切《うらぎ》った分《ぶん》、ここで返《かえ》してもらおうぜ！」

「ああ。おれも天地《てんち》がふさわしいと思《おも》う。」

両国《りょうごく》、蓮《れん》も賛成《さんせい》。

「きゅるんも、天地《てんち》くんがいいなー。ほかの人《ひと》知《し》らないもん。」

「うん！　ぼくもー！　ぼくも天地《てんち》くんで賛成《さんせい》や！　だってかっこええし！」

「おいおい顔《かお》は関係《かんけい》ないだろ、音羽《おんぱ》。……っても、あたしらも天地《てんち》でいいよ。まとめ役《やく》が必要《ひつよう》なのはわかるし。」

南波《みなみなみ》が「いいよな？」と夜野《よるの》、流蘭《るら》、ルイに聞《き》くと、３人《にん》も首《くび》をたてにふる。

そこに氷水《こおりみず》の入《はい》ったバケツとタオルを持《も》って、天地《てんち》が戻《もど》ってきた。

「お待《ま》たせ！　……どうかした？」

全員《ぜんいん》に見《み》つめられ、天地《てんち》がバケツを落《お》っことしそうになった。

「ちょ、ちょっと待《ま》って！　本当《ほんとう》にぼくがリーダーでいいの？　だってぼくは……。」

いきなりリーダーに指名《しめい》され、天地《てんち》が面食《めんく》らう。

「汚名挽回《おめいばんかい》のいい機会《きかい》だろ！　やれよ天地《てんち》！」

「両国《りょうごく》、それを言《い》うなら汚名返上《おめいへんじょう》か名誉挽回《めいよばんかい》だ。」

両国《りょうごく》の痛《いた》めた肩《かた》と背中《せなか》を氷《こおり》で冷《ひ》やしながら、蓮《れん》がツッコむ。

「……わかった。誠心誠意《せいしんせいい》、がんばるよ。」

天地《てんち》が引《ひ》き受《う》け、控《ひか》えめな拍手《はくしゅ》が起《お》こる。

「ねえ天地《てんち》くん。ピースは新《あたら》しいゲームを考《かんが》えてるって言《い》ってたわよね。だったら今《いま》のうちに逃《に》げるのがベストなんじゃない？」

さっそく麗《うらら》が提案《ていあん》すると、聞《き》いていたほかの子《こ》も「そうだよなー。」「でもどうやって？」とワイワイ話《はな》しはじめる。

「あ、あの！」

意見《いけん》が飛《と》び交《か》う中《なか》、夜野《よるの》が人《ひと》をかき分《わ》けるようにして、天地《てんち》のそばにやってきた。

「ごめんなさい、あの……脱出《だっしゅつ》はできないと思《おも》います。」

ぴたりと周囲《しゅうい》の会話《かいわ》が止《と》まる。

「……そういえば夜野《よるの》さん、さっきも言《い》ってたよね。タウンから脱出《だっしゅつ》はむりだって。」

「はい。まだしばらくは、おとなしくここにいたほうがいいです。」

夜野《よるの》のセリフに、だれかが「それ、メガネの子《こ》と一緒《いっしょ》にいたいからじゃねーよな？」

「未練《みれん》タラタラだとか？」とからかうように言《い》った。夜野《よるの》は〈恋人申請《こいびとしんせい》〉でソラに告白《こくはく》し、盛大《せいだい》にフラれたばかりだ。

とたん、南波《みなみなみ》が怒鳴《どな》った。

「おい！　だれだ今言《いまい》ったやつ！　ヨルをバカにするやつはただじゃおかねえぞ！」

「ひえ！」

からかった男子《だんし》たちがビビる。

「七海《なみ》、ストップ！　ぼくは大丈夫《だいじょうぶ》だから！」

あわてて夜野《よるの》が止《と》めたが、南波《みなみなみ》は「ちっ。」と舌打《したう》ちしながらまだにらんでいる。

「ええと、あの……みなさん。今《いま》からぼくの言《い》うことを、聞《き》いてもらえますか。とても重《じゅう》要《よう》なことなんです。」

まじめな夜野《よるの》らしく、ていねいに言葉《ことば》を選《えら》ぶ。

「ぼくは、七海《なみ》たちと1か月以上前《げついじょうまえ》にタウンに来《き》ました。それで、タウンについてわかったことがあります。」

夜野《よるの》が話《はな》したのは、タウンの意外《いがい》な真実《しんじつ》だった。

夜野《よるの》、南波《みなみなみ》、流蘭《るら》、ルイの4人《にん》は、ホテルの裏手《うらて》の山《やま》からタウンに入《はい》ってきた。

ピースは「やったー！ 生徒《せいと》が増《ふ》えた！」と大喜《おおよろこ》びだったし、音羽《おんぱ》は「わーいわーい！ぼくと友《とも》だちになってや〜！」と大歓迎《だいかんげい》だった。ソララは無表情《むひょうじょう》だったけど、すぐに食事《しょくじ》や住《す》む場所《ばしょ》を用意《ようい》してくれた。

夜野《よるの》たちは自由《じゆう》にタウンを移動《いどう》できた。

ホテルは快適《かいてき》だったし、必要《ひつよう》なものはショッピングモールで手《て》に入《はい》る。

家事《かじ》は全部《ぜんぶ》メイドヒューマノイドがやってくれる。

だれにも気《き》をつかうことなく、気《き》ままにすごせた。

ルイはゲーム三昧《ざんまい》、南波《みなみなみ》は好《す》きな絵《え》を描《か》き、流蘭《るら》は読書《どくしょ》、夜野《よるの》は天体観測《てんたいかんそく》。

家《いえ》や学校《がっこう》でつらい思《おも》いをしていた4人《にん》にとって、タウンでの生活《せいかつ》は夢《ゆめ》のようだった。

夜野《よるの》は、常《つね》に先生《せんせい》や親《おや》から「もっとがんばりなさい。」とプレッシャーをかけられていて、心《こころ》がつぶれる寸前《すんぜん》だった。

南波《みなみなみ》は不良《ふりょう》っぽい見《み》た目《め》と強気《つよき》な性格《せいかく》のせいで大人《おとな》に嫌《きら》われ、担任《たんにん》の先生《せんせい》から目《め》の敵《かたき》にされていた。

流蘭《るら》は学校《がっこう》ではクラスメイトにいじめられ、家《いえ》では母親《ははおや》からモラハラを受《う》け、どこにも居場所《いばしょ》がなかった。

ルイは人前《ひとまえ》で話《はな》せないことを、先生《せんせい》に「甘《あま》えてる。」と怒《おこ》られてからずっと不登校《ふとうこう》だ。

中学校《ちゅうがっこう》にはほとんど通《かよ》っていない。

「ずっとここで暮《く》らせたらいいな……。」

流蘭《るら》は、何度《なんど》もそう言《い》った。みんなも同《おな》じ思《おも》いだった。

ここなら、いじめられることも、理不尽《りふじん》に怒《おこ》られることもない。

だから、夜野《よるの》は〝ある事実《じじつ》〟に気《き》づいたときも、だれにも言《い》わなかった。

タウンの秘密《ひみつ》を、あえて解明《かいめい》する必要《ひつよう》はないと思《おも》ったから。


「……ぼくは星《ほし》が好《す》きなんです。それで、わかったんです。」

夜野《よるの》がいちだんと声《こえ》をひそめ、天地《てんち》たちもぐっと耳《みみ》を近《ちか》づける。

「……この町《まち》は、動《うご》いています。」

「動《うご》いてる？」

何人《なんにん》かが首《くび》をかしげる。

「タウンは星《ほし》がとてもよく見《み》えます。ぼくは毎晩《まいばん》、北極星《ほっきょくせい》を見《み》ていたんですが……。」

「北極星《ほっきょくせい》って、ほぼ真北《まきた》にあって、ちょうど地球《ちきゅう》の自転軸《じてんじく》を延《の》ばした先《さき》にあるから、動《うご》かずに見《み》える星《ほし》だよね。」

天地《てんち》の説明《せつめい》に、夜野《よるの》がうなずく。

「そうです。その星《ほし》です。北《きた》の夜空《よぞら》に光《ひか》る北極星《ほっきょくせい》を見《み》ていて、気《き》づきました。動《うご》かないはずの北極星《ほっきょくせい》の位置《いち》が、少《すこ》しずつズレていくんです。」

本来《ほんらい》なら、北極星《ほっきょくせい》は同《おな》じ場所《ばしょ》から見《み》れば常《つね》に同《おな》じ位置《いち》に見《み》えるはず。だからこそ、昔《むかし》から航海《こうかい》の目印《めじるし》とされてきた星《ほし》だ。

「北極星《ほっきょくせい》は、ほとんど動《うご》きません。これは絶対《ぜったい》です。ということは、地面《じめん》が動《うご》いてる。そうとしか考《かんが》えられません。」

夜野《よるの》が断言《だんげん》する。

突拍子《とっぴょうし》のない話《はなし》に、「地面《じめん》が動《うご》くわけないだろ。」「まちがいじゃねーの？」とぼそぼそと声《こえ》がするが、南波《みなみなみ》がじろりとにらんで黙《だま》らせる。

「ぼくが北極星《ほっきょくせい》を見《み》まちがえるわけがない。タウンは動《うご》いています。つまりここは陸地《りくち》じゃなくて……動《うご》く島《しま》なんだ。」

「……島《しま》!?」

天地《てんち》が目《め》を見開《みひら》いた。

「はい。船《ふね》のように、自力《じりき》で移動《いどう》できるんだと思《おも》います。」

「いや、ちょ、待《ま》ってよ、ヨル。疑《うたが》うわけじゃないけどさ。あたしらは歩《ある》いてここに入《はい》ってきたんだぜ。海《うみ》は通《とお》ってない。船《ふね》にも飛行機《ひこうき》にも乗《の》ってない。島《しま》なわけないよ。」

南波《みなみなみ》もとまどっている。

「おそらく、接岸《せつがん》するんだと思《おも》う。島《しま》として移動《いどう》しながら、船《ふね》が港《みなと》によるみたいに、ときどき陸地《りくち》とくっつくことができるんだ。」

夜野《よるの》の説明《せつめい》に、天地《てんち》が「……そういうことか！」とポンと手《て》を打《う》った。

「だから見《み》つからなかったんだ……！　ぼくもずっとタウンを捜《さが》していて、でも衛星映像《えいせいえいぞう》でしらみつぶしに捜《さが》しても、それらしい町《まち》がなかった。陸《りく》じゃなく、海《うみ》だったのか……！」

天地《てんち》は興奮気味《こうふんぎみ》だが、蛇野《へびの》は不満《ふまん》そうにくちびるをとがらす。

「島《しま》～!?　じゃあ、いつ脱出《だっしゅつ》できんの？　杏奈《あんな》、明日《あした》からハワイいくんだけどー。」

「接岸《せつがん》する日《ひ》も、だいたい予測《よそく》できます。ぼくらがタウンに来《き》たときは、月《つき》の見《み》えない新《しん》月《げつ》の夜《よる》でした。きっと暗《くら》い日《ひ》を選《えら》んで、目立《めだ》たないように陸《りく》に近《ちか》づくんです。」

月《つき》は、太陽《たいよう》の光《ひかり》を反射《はんしゃ》して光《ひか》る。新月《しんげつ》は月《つき》が太陽《たいよう》と同《おな》じ方向《ほうこう》にあり、光《ひかり》が当《あ》たっている側《がわ》が地球《ちきゅう》からは見《み》えない位置《いち》に来《き》ているため、暗《くら》い夜《よる》になる。

そして新月《しんげつ》から、半月《はんげつ》、満月《まんげつ》と満《み》ちて、今度《こんど》は欠《か》けていく。

この月《つき》の満《み》ち欠《か》けの周期《しゅうき》は約《やく》29・5日《にち》だ。

「8日前《ようかまえ》が新月《しんげつ》で、おそらくそのときに接岸《せつがん》しています。」

「どうしてわかるんだ？」

蓮《れん》の問《と》いに、夜野《よるの》が即答《そくとう》した。

「カモメが飛《と》んでいたからです。海鳥《うみどり》が飛《と》んでいるということは、海岸線《かいがんせん》に近《ちか》いということです。今日《きょう》は上弦《じょうげん》の半月《はんげつ》だから、次《つぎ》の新月《しんげつ》は21日後《にちご》。おそらく、そのときに……。」

北極星《ほっきょくせい》。新月《しんげつ》。カモメ。

夜野《よるの》の推察《すいさつ》のするどさに、ようやく「そうだったのか……。」「じゃあ、今脱走《いまだっそう》しようとしてもムダじゃん。」「あの子《こ》、めっちゃ頭《あたま》よくない？」「すごーい！」と声《こえ》が上《あ》がる。

「……どうだ！　あたしの友《とも》だちはすげーだろ!?」

南波《みなみなみ》が誇《ほこ》らしげに、夜野《よるの》の肩《かた》を抱《だ》く。

夜野《よるの》が「ちょ、七海《なみ》、やめてよ……。」と顔《かお》を赤《あか》くして照《て》れるが、南波《みなみなみ》ははなさない。

タウンは海《うみ》の上《うえ》にある。

21日後《にちご》、新月《しんげつ》の夜《よる》に、陸《りく》とつながる。

そのときにホテルの裏《うら》にある山《やま》に逃《に》げこめば、きっとタウンから出《で》られる――。

やっと希望《きぼう》が見《み》えてきて、ホッとした空気《くうき》が流《なが》れる。

「でもぉ……。」

そんな中《なか》、不安《ふあん》げな声《こえ》を出《だ》したのは、きゅるんだった。

きゅるんは唯一《ゆいいつ》の小学生《しょうがくせい》。あどけない天使《てんし》のようなルックスをしているが、知能《ちのう》は高《たか》く、プレイヤーの中《なか》でもトップクラスの頭脳《ずのう》の持《も》ち主《ぬし》。

「……次《つぎ》の新月《しんげつ》が来《く》る前《まえ》に、ピースがトモダチゲームを始《はじ》めちゃったらどうするの……？」

きゅるんのセリフに、また全員《ぜんいん》が凍《こお》りついた。

バーチャル政治家《せいじか》

「永遠《とわ》、じゃあ母《かあ》さんたち仕事《しごと》いってくるわね。今日《きょう》の昼《ひる》ごはんは唐揚《からあ》げよ。野菜《やさい》サラダもちゃんと食《た》べなさい。ゲームばかりしてないで勉強《べんきょう》もしなさい。あと、だれが来《き》ても絶対《ぜったい》にドアをあけちゃダメよ。」

「そうだぞ、迷惑系《めいわくけい》ユーチューバーが来《く》るぞ。」

「わかったわかった！　いってらっしゃーい！」

ミヤビ姉妹《しまい》、サキさん、一夜《かずや》さんとのウエブ会議《かいぎ》から数日《すうじつ》。

母《かあ》さんと父《とう》さんが仕事《しごと》に出《で》かけると、さっそく今日《きょう》もネットで情報収集《じょうほうしゅうしゅう》を始《はじ》めた。

でも有力《ゆうりょく》な情報《じょうほう》はなにもないまま、あっという間《ま》にお昼《ひる》になる。

「……まったく。早《はや》く仕掛《しか》けてこいよな、ピース。」

唐揚《からあ》げをほおばりながら、リビングのテレビをつける。

「みんなー！　トモダチゲーム、始《はじ》まるよ～！」

ぶほっ。思《おも》わず唐揚《からあ》げをふき出《だ》してしまった。

あのスマイルマークが、テレビ画面《がめん》いっぱいに映《うつ》ってる!?

黄色《きいろ》の丸《まる》に、目《め》は「︵」の形《かたち》で、口《くち》は「︶」の形《かたち》。

カメラがどんどん引《ひ》いていくと、映《うつ》されているのは渋谷《しぶや》の街《まち》で、スマイルマークは電光《でんこう》掲示板《けいじばん》の中《なか》にいた。

「なんだこれ……!?」

テロップには、「渋谷駅前《しぶやえきまえ》スクランブル交差点《こうさてん》」とある。いったことはないけど、渋谷《しぶや》はファッションもグルメも最先端《さいせんたん》の、騒々《そうぞう》しい若者《わかもの》の街《まち》だってことは知《し》ってる。

ビルの壁面《へきめん》が電光掲示板《でんこうけいじばん》になっていて、そこにスマイルマークが映《うつ》っていた。

体《からだ》があって、スーツを着《き》ていて、肩《かた》にかけたたすきには「トモダチ党《とう》スマイルくん」と書《か》かれていた。

「みんなー！　よろしくね！　都知事選《とちじせん》は、スマイルくんに清《きよ》き一票《いっぴょう》を！」

都知事選《とちじせん》!?

画面《がめん》が切《き》り替《か》わり、ニュース番組《ばんぐみ》のスタジオになった。

「都知事《とちじ》に立候補《りっこうほ》したトモダチ党《とう》のスマイルくん、前代未聞《ぜんだいみもん》の選挙運動《せんきょうんどう》です！」

「すごいですね～！」

タレント司会者《しかいしゃ》と女性《じょせい》アナウンサーが目《め》を真《ま》ん丸《まる》にして、わざとらしく驚《おどろ》いている。

「このスマイルくん、なんとバーチャル政治家《せいじか》で、本体《ほんたい》はＡＩ《エーアイ》だそうです。」

「え、そんなのアリなんですか？　人間《にんげん》じゃなくてもいいわけ？」

あ！　コメンテーターのこいつ、ぼくのことを野蛮《やばん》とか言《い》ってたやつ！

「ええ。立候補《りっこうほ》の届《とど》け出《で》が受理《じゅり》されています。ＡＩ《エーアイ》のため、電光掲示板《でんこうけいじばん》を利用《りよう》した街頭演《がいとうえん》

説《ぜっ》が許可《きょか》されているようですね。」

「いやはやすごいねえ。」

コメンテーターが感心《かんしん》したように何度《なんど》もうなずいている。

なにがなんだかわけがわからなくて、スマホで検索《けんさく》してみた。

──史上初《しじょうはつ》！　バーチャル政治家《せいじか》が立候補《りっこうほ》！

──都知事選《とちじせん》スマイルくん候補《こうほ》、中身《なかみ》はＡＩ《エーアイ》！

都知事選《とちじせん》は、東京都《とうきょうと》の知事《ちじ》を選《えら》ぶ選挙《せんきょ》だ。

記事《きじ》によると、トモダチ党《とう》スマイルくんは正式《せいしき》な都知事選《とちじせん》の候補者《こうほしゃ》。

選挙運動《せんきょうんどう》はふつう、選挙《せんきょ》カーで「〇〇を応援《おうえん》お願《ねが》いします！」と連呼《れんこ》したり、街頭演説《がいとうえんぜつ》や演説会《えんぜつかい》をしたりする。

でも、スマイルくんは史上初《しじょうはつ》のバーチャル政治家《せいじか》で、モニターの中《なか》から、ネットを通《つう》じて投票《とうひょう》を呼《よ》びかけているらしい。

いや、だからなんなんだよ、バーチャル政治家《せいじか》って……！

「スマイルくん演説《えんぜつ》」という動画《どうが》を再生《さいせい》してみる。

「やあみんな！　トモダチゲーム、始《はじ》まるよ〜！」

「うわっ！」

いきなり画面《がめん》いっぱいにスマイルマークが現《あらわ》れて、またまたびっくりしてしまう。

「わたしはトモダチ党《とう》のスマイルくん！　バーチャル政治家《せいじか》なので、飲《の》み食《く》いしません！　交通費《こうつうひ》もかかりません！　とってもおトクな政治家《せいじか》でーす！」

はあ？

「わたしが都知事《とちじ》になったあかつきには！　学校《がっこう》も会社《かいしゃ》も週休《しゅうきゅう》5日《いつか》！　宿題《しゅくだい》と残業《ざんぎょう》は禁《きん》止《し》！」

はあ!?

「そして税金《ぜいきん》をゼロにしまーす！　税金《ぜいきん》ナッシング〜！」

はああ!?

コメント欄《らん》を見《み》ると、「すごい！」「おれ投票《とうひょう》する！」と大盛《おおも》り上《あ》がり。

「信《しん》じられない……。」

このスマイルくんは、ピースがティーチャーになってからは生徒《せいと》だったはず。

デスゲームの運営《うんえい》が、都知事選《とちじせん》に立候補《りっこうほ》？

いったい、なにが起《お》きてるんだ⁉

翌日《よくじつ》。スマイルくん主催《しゅさい》のバーチャル討論会《とうろんかい》があったので、正体《しょうたい》を探《さぐ》るためにさっそく参加《さんか》してみることにした。

討論会《とうろんかい》は、VR《ブイアール》ゴーグルとアカウント、アバターを持《も》っていればだれでも参加《さんか》でき、リアルタイムで配信《はいしん》される。

ぼくはSNS《エスエヌエス》のアカウントを連携《れんけい》させ、アバターはテキトーに自分《じぶん》のイメージで作《つく》った。黒髪《くろかみ》ショートヘアに、オレンジのパーカ。

アクセスすると、ブウン……と目《め》の前《まえ》に映画《えいが》のスクリーンみたいなものが出《で》てきて、そこにどでかい会議室《かいぎしつ》の映像《えいぞう》。円形《えんけい》のテーブルがあって、真《ま》ん中《なか》がぽっかり空《あ》いている。テレビドラマで、大企業《だいきぎょう》の社長《しゃちょう》や部長《ぶちょう》がぐるりと並《なら》んで座《すわ》って会議《かいぎ》するようなやつだ。

画面《がめん》に浮《う》かんだ「スタート」のボタンを押《お》すと……。

「うわわっ！　すごっ！」

ぶわっと360度《ど》に会議室《かいぎしつ》が広《ひろ》がって、ぼくはイスのひとつに座《すわ》っていた。

うしろを見《み》ると壁《かべ》、上《うえ》を見《み》ると天井《てんじょう》。本当《ほんとう》に会議室《かいぎしつ》にいるみたいで臨場感《りんじょうかん》がすごい。

ぼくの左《ひだり》どなりは黒縁《くろぶち》メガネの男《おとこ》の人《ひと》、右《みぎ》どなりはオレンジ色《いろ》の髪《かみ》をお団子《だんご》にした女《おんな》の人《ひと》で、どんどんアバターが増《ふ》えていく。

「お待《ま》たせしました！　〝スマイルくんと本音《ほんね》で話《はな》そう討論会《とうろんかい》〟を始《はじ》めまーす！」

ぶおん！　と音《おと》がして、テーブルの真《ま》ん中《なか》に空《あ》いた空間《くうかん》に、スマイルくんが現《あらわ》れた。

電光掲示板《でんこうけいじばん》に映《うつ》ってたのと同《おな》じく、どでかい黄色頭《きいろあたま》にスラリとしたスーツ姿《すがた》。

「それでは、ご意見《いけん》のある方《かた》どうぞ！」

ぼく以外《いがい》のほぼ全員《ぜんいん》が、いっせいに手《て》を挙《あ》げた。

「税金《ぜいきん》をなくすなんて、できるの？」

「できます！　わたしは優秀《ゆうしゅう》なAI《エーアイ》です！　投資《とうし》でバンバン増《ふ》やして儲《もう》けちゃいます！

株《かぶ》！　仮想通貨《かそうつうか》！　NISA《ニーサ》！　絶対《ぜったい》に儲《もう》かります！」

絶対《ぜったい》に儲《もう》かるって、100パーセント詐欺《さぎ》の手口《てぐち》じゃん……。

スマイルくんは、次々《つぎつぎ》と質問《しつもん》に答《こた》えていく。

「週休《しゅうきゅう》5日《いつか》ってマジ？」

「マジです！　日本人《にほんじん》は働《はたら》きすぎなんです。みんなで休《やす》めば怖《こわ》くない！」

「AI《エーアイ》って機械《きかい》でしょ？　壊《こわ》れたりしないの？」

「人間《にんげん》より壊《こわ》れません！　そして死《し》にません！」

スマイルくんが答《こた》えるたびに、出席者《しゅっせきしゃ》がうんうんとうなずく。

まずいな……参加者《さんかしゃ》のハート、わしづかみじゃん。

「わたしが都知事《とちじ》になったあかつきには、働《はたら》かずにぐーたらしていてもいい、ネオ東京《とうきょう》を作《つく》り上《あ》げます！」

スマイルくんがぶち上《あ》げると、ぶわわ、と全《ぜん》アバターがゆれた。

なにごとかと思《おも》ったら、笑《わら》ってるんだ。大《おお》ウケしてる。

おいおい、みんなしっかりしてくれ！　こんなのおかしいだろ！

「はい！　はい！　はーい！」

全力《ぜんりょく》で手《て》を挙《あ》げると、**「はい、どうぞトワさん！」**とスマイルくんがぼくを指名《しめい》した。

「言《い》ってることが全部無責任《ぜんぶむせきにん》すぎるだろ！　『絶対《ぜったい》に儲《もう》かる』なんてセリフ、詐欺師《さぎし》しか使《つか》わない！　テキトーなこと言《い》いやがって！　甘《あま》いこと言《い》ってぼくたちをだまそうとしたって、そうはいかな……！」

と、急《きゅう》に画面《がめん》が暗《くら》くなったかと思《おも》うと、「終了《しゅうりょう》のお時間《じかん》になりました。」とテロップが入《はい》った。そのまま討論会《とうろんかい》が終了《しゅうりょう》してしまう。

「くっそー、逃《に》げやがった！」

都合《つごう》が悪《わる》くなったからって、強制終了《きょうせいしゅうりょう》すんなよな。

VR《ブイアール》ゴーグルを投《な》げ捨《す》て、ごろんとベッドに横《よこ》になる。

あんなやつが都知事《とちじ》になったら……東京《とうきょう》は、いや日本《にほん》はどうなっちゃうんだ？

正反対《せいはんたい》な兄《あに》

討論会《とうろんかい》の後《あと》、都知事選《とちじせん》について調《しら》べてみた。

選挙期間《せんきょきかん》は告示《こくじ》から投票日《とうひょうび》の前日《ぜんじつ》までの17日間《にちかん》で、ネットでの選挙運動《せんきょうんどう》は前日《ぜんじつ》の午後《ごご》11時《じ》59分《ふん》までできるらしい。

信《しん》じられないことに、スマイルくんはネットのアンケート調査《ちょうさ》でぶっちぎりの1位《い》。

動画《どうが》の再生回数《さいせいかいすう》もすごいし、「#スマイルくん」のタグができるほどの人気《にんき》っぷりだ。

じゃあ当選《とうせん》しちゃうじゃん！　とあせったけど、そういうわけでもないらしい。

ネットでは10代《だい》や20代《だい》の若《わか》い人《ひと》たちが、おもしろがってスマイルくんをいじってる。だから大人気《だいにんき》に見《み》えるけど、実際《じっさい》に投票《とうひょう》するのは、高齢者《こうれいしゃ》のほうがずっと多《おお》い。

スマイルくんは高齢者《こうれいしゃ》には全然人気《ぜんぜんにんき》がないから、当選《とうせん》することはない。

でも、もし10代《だい》、20代《だい》が高齢者《こうれいしゃ》よりたくさん投票《とうひょう》にいったら、話《はなし》は変《か》わる。ネットのアンケート調査《ちょうさ》と同《おな》じ結果《けっか》になってしまう。

「なるほどなー……投票《とうひょう》にいけって、こういうことなんだ……。」

もちろん、もともと成人《せいじん》したら投票《とうひょう》にいくつもりだった。

いいなと思《おも》う人《ひと》には当選《とうせん》してほしいから。

でも、もし、いいなと思《おも》う人《ひと》や応援《おうえん》したい人《ひと》がいなければ、投票《とうひょう》しなくてもいいじゃん、とも思《おも》ってた。

これ、大《おお》まちがいだ。

ふさわしくない人《ひと》を当選《とうせん》させないためにも、ちゃんと投票《とうひょう》しなきゃダメなんだ。

「くっそー……。」

頭《あたま》をかきむしる。それがわかったところで、ぼくには選挙権《せんきょけん》もないし、どうすればいいかはわからない。頭脳派《ずのうは》の蓮《れん》と天地《てんち》がいてくれたら、なにか考《かんが》えてくれるのに。

何時間《なんじかん》も都知事選《とちじせん》について調《しら》べまくったけど、対策《たいさく》はなにも思《おも》い浮《う》かばなかった。


ピンポーン。

翌朝《よくあさ》、ドアチャイムの音《おと》で目《め》が覚《さ》めた。

昨夜《さくや》、遅《おそ》くまで起《お》きていたせいで、すっかり寝坊《ねぼう》してしまった。

目覚《めざ》まし時計《どけい》の針《はり》は10時《じ》を回《まわ》っていて、家《いえ》の中《なか》にはだれもいないらしい。

ピンポーン。ピンポーン。ピンポーン。

「うるさいなー。」

どうせマスコミか迷惑系《めいわくけい》ユーチューバーだ。

無視《むし》して頭《あたま》から布団《ふとん》をひっかぶる。

ピンポーン。ピンポーン。ピンポーン。

しつこい！

「いちおう確認《かくにん》しとくか……。」

しかたなくベッドから起《お》き上《あ》がり、インターフォンのモニター画面《がめん》を見《み》る。

そこには、信《しん》じられない人物《じんぶつ》が映《うつ》っていた。

「れ……蓮《れん》!?」

画像《がぞう》の粗《あら》い画面《がめん》に映《うつ》っていたのは、明《あか》るい髪色《かみいろ》の見慣《みな》れた顔《かお》。

「蓮《れん》!!　おまえ帰《かえ》ってきたのか!?」

勢《いきお》いよくドアをあけると、驚《おどろ》いた蓮《れん》とバチッと目《め》が合《あ》う。

その瞬間《しゅんかん》、ニコッとやさしげにほほえみかけられた。

ん？　蓮《れん》のこんな笑《わら》い方《かた》、一度《いちど》だって見《み》たことない。

それにちょっと背《せ》が高《たか》い？　なんか大人《おとな》っぽい？

「こんにちは、久遠永遠《くどうとわ》さん。」

蓮《れん》より少《すこ》しだけ低《ひく》い、やわらかく落《お》ち着《つ》いた声《こえ》。

「……初《はじ》めまして。蓮《れん》の兄《あに》の、漣浮世《さざなみうきよ》です。」

「えええ!?　兄《あに》!?」

マジか！


いきなり家《いえ》に現《あらわ》れたのは、蓮《れん》の４つ上《うえ》のお兄《にい》さんだという、浮世《うきよ》さんだった。

「朝早《あさはや》くからごめんね、永遠《とわ》さん。蓮《れん》がいつもお世話《せわ》になってます。」

「はあ……。」

（……蓮《れん》……じゃない……。）

目《め》も鼻《はな》も口《くち》も輪郭《りんかく》もそっくりだけど、あいつじゃない。

「あ、安心《あんしん》して。ぼくは永遠《とわ》さんが誘拐犯《ゆうかいはん》だとは思《おも》ってないよ。弟《おとうと》の数少《かずすく》ない友《とも》だちのひとりだしね。」

「はあ……。」

リビングのソファー。向《む》かいに座《すわ》って、浮世《うきよ》さんがにこやかに話《はな》す。

蓮《れん》と同《おな》じ顔《かお》なのに、ずっとニコニコしているのが不思議《ふしぎ》だ。

ぼくが出《だ》した麦茶《むぎちゃ》をひとくち飲《の》んで、またニコッ。

「ま、きみが犯人《はんにん》じゃないという確信《かくしん》が持《も》てたのは、昨日《きのう》のことなんだけどね。」

「それはどうして……？」

今《いま》、日本国民《にほんこくみん》のほぼ全員《ぜんいん》が久遠永遠犯人説《くどうとわはんにんせつ》を信《しん》じてると思《おも》うけど。

「永遠《とわ》さん、スマイルくんの討論会《とうろんかい》に参加《さんか》してたでしょ？」

「え！　な、なんで知《し》ってるんですか!?」

「そんなびっくりすることじゃないよ。アカウントの特定《とくてい》なんて簡単《かんたん》だからね。」

アカウントの特定《とくてい》？

「SNS《エスエヌエス》のフォトスタで、麗《うらら》ちゃんをフォローしてるでしょ。」

「は、はい。」

フォトスタは写真《しゃしん》や動画投稿《どうがとうこう》がメインのSNS《エスエヌエス》アプリ。

「ぼくも麗《うらら》ちゃんと相互《そうご》フォローしてるんだ。で、麗《うらら》ちゃんのフォロワーのアカウントをチェックしたら、『トワ』がいた。『トワ』は天地《てんち》くんや不知火《しらぬい》さんもフォローしていたから、同《おな》じクラスの久遠永遠《くどうとわ》さんにちがいないと思《おも》って。」

こわっ。そんなんでアカウントってバレるもんなの⁉

蓮《れん》はあまりSNS《エスエヌエス》をやらないけど、お兄《にい》さんの浮世《うきよ》さんはだいぶくわしいみたいだ。

「で、ずっとネットできみのアカウントをチェックしてたんだよ。そうしたら『トワ』がスマイルくんの公式《こうしき》アカウントをフォローしたからさ。興味《きょうみ》あるのかなと思《おも》って、討論会《とうろんかい》も視聴《しちょう》してたんだ。そうしたらばっちりきみがいた。」

「な、なんでそんなことを……。」

「きみが本当《ほんとう》に犯人《はんにん》かどうか、判断《はんだん》するためだよ。ネットで言《い》われてるようにスパイとしてKK《ケーケー》学園《がくえん》にもぐりこみ、誘拐《ゆうかい》するために蓮《れん》に近《ちか》づいた悪人《あくにん》なのか。……それとも、蓮《れん》が言《い》っていたように、まっすぐで気持《きも》ちのいいやつなのか。」

浮世《うきよ》さんが、やさしく目《め》を細《ほそ》める。

「……蓮《れん》、ぼくのこと、そんなふうに言《い》ってたんですか……。」

「ああ。あと、怒《おこ》りっぽくてケンカっ早《ぱや》い。」

ガクッ。まあそのとおりだけどさ。

「スマイルくんの討論会《とうろんかい》での発言《はつげん》。ぼくは永遠《とわ》さんの言《い》っていることは正《ただ》しいと思《おも》ったよ。おそらく同《おな》じように思《おも》った人《ひと》もたくさんいたんじゃないかな。」

ニコニコしていた顔《かお》が、スッと真顔《まがお》になる。

「きみはうそをついていない。だから、こうして話《はなし》を聞《き》きに来《き》たんだ。」

浮世《うきよ》さんが、両手《りょうて》の指《ゆび》をからめてギュッとにぎりしめる。

「無愛想《ぶあいそう》なやつだけど、たいせつな弟《おとうと》なんだ。なんとしてでも助《たす》けたい。だから、なにがあったのか……話《はなし》を聞《き》かせてくれないか。」

カーテンを閉《し》め切《き》ったリビング。

ぼくはトモダチゲームのことを、浮世《うきよ》さんにすべて話《はな》した。

話《はなし》を聞《き》き終《お》えた浮世《うきよ》さんは、蓮《れん》そっくりの顔《かお》で、深《ふか》いため息《いき》をつく。

「つまり、永遠《とわ》さんに世間《せけん》の注目《ちゅうもく》が集《あつ》まっているすきに、裏《うら》では政府《せいふ》も警察《けいさつ》も、タウンを捜《さが》して動《うご》いている。なのに見《み》つからないってことは……かなり絶望的《ぜつぼうてき》な状況《じょうきょう》だね。」

そうなんだよな。きっと警察《けいさつ》だけじゃなく、天地家《てんちけ》も、宝生家《ほうしょうけ》も、全力《ぜんりょく》で捜《さが》してる。

なのになんの進展《しんてん》もない。

「永遠《とわ》さん。トモダチ党《とう》のスマイルくんが黒幕《くろまく》って話《はなし》は、たしかなの？」

「はい。昨日《きのう》の討論会《とうろんかい》で話《はな》したあの感《かん》じ、まちがいないです。」

「じゃ、当選《とうせん》させるわけにはいかないね。」

浮世《うきよ》さんが、くちびるをさわりながら少《すこ》し考《かんが》えこむ。

蓮《れん》が問題集《もんだいしゅう》を解《と》いてるときと同《おな》じ顔《かお》、同《おな》じ動作《どうさ》で、やっぱ兄弟《きょうだい》だ……なんて思《おも》ってると。

「……ぼくの会社《かいしゃ》で、選挙《せんきょ》について集中的《しゅうちゅうてき》に取《と》り上《あ》げるよ。ほかの実況者《じっきょうしゃ》にも都知事選《とちじせん》ネタを入《い》れるように指示《しじ》する。スマイルくんブームに水《みず》を差《さ》すことができれば……。」

「会社《かいしゃ》……？」

浮世《うきよ》さん、社長《しゃちょう》かなんかなのかな？

蓮《れん》の4つ上《うえ》ってことは、まだ18歳《さい》くらいだけど。

「あ、ぼく、中学《ちゅうがく》のころからゲーム実況者《じっきょうしゃ》やっててね。登録者数《とうろくしゃすう》がすごいことになったから、仲間《なかま》と一緒《いっしょ》に、去年会社《きょねんかいしゃ》を立《た》ち上《あ》げたんだ。」

「浮世《うきよ》さんて実況者《じっきょうしゃ》なの⁉」

「うん。『うきうき』って知《し》ってる？」

「知《し》ってるー！」

めっちゃ人気《にんき》の人《ひと》だ！　蓮《れん》はSNS《エスエヌエス》も苦手《にがて》なのに、お兄《にい》さんはプロの実況者《じっきょうしゃ》……⁉

「蓮《れん》のお兄《にい》さんとは思《おも》えない……。」

つい声《こえ》に出《で》てしまい、浮世《うきよ》さんが「あはは。」と笑《わら》った。

「ぼくが漣家《さざなみけ》では異端《いたん》なんだよ。父《ちち》も母《はは》も蓮《れん》も、みんなまじめだからね。ぼくは気《き》ままに好《す》きなことだけして生《い》きてたいんだよね。漣総合病院《さざなみそうごうびょういん》は蓮《れん》に継《つ》いでもらうから、あいつには必《かなら》ず戻《もど》ってきてもらわないと。」

はあ～……。名前《なまえ》のとおり、浮《う》き世《よ》ばなれしてるんだ。

浮世《うきよ》さんの会社《かいしゃ》の名前《なまえ》は「フロートカンパニー」。フロートは「浮《う》く」という意味《いみ》で、
浮世《うきよ》さんのふわふわした感《かん》じにぴったり。
「じゃあ、なにか進展《しんてん》があったらすぐ連絡《れんらく》し合《あ》おうね。」
連絡先《れんらくさき》を交換《こうかん》し、浮世《うきよ》さんは帰《かえ》った。そのタイミングで、スマホにメッセージが届《とど》く。
MIYABI《ミヤビ》……マナとエリナ！
見《み》ると、「峯岸士郎《みねぎししろう》が見《み》つかりました。」の一文《いちぶん》。
峯岸《みねぎし》が見《み》つかった……!?

国家消滅《こっかしょうめつ》

その日《ひ》の深夜《しんや》。ミヤビ姉妹《しまい》とまたウエブ会議《かいぎ》をすることになった。

「こんばんは。エリナ、マナ！　……といっても、そっちは昼《ひる》なんだね。」

画面《がめん》に現《あらわ》れたエリナは、ホテルにいるらしく、部屋《へや》の窓《まど》から日差《ひざ》しがさしこんでいるのがわかる。

「ええ。今《いま》はちょうど昼《ひる》の12時《じ》です。どこの国《くに》にいるのかは、お教《おし》えできませんが。」

「あれ？　アメリカじゃないの？」

前回《ぜんかい》のウエブ会議《かいぎ》では、アメリカにいると言《い》っていた。

「峯岸《みねぎし》に会《あ》うために、ある国《くに》へと来《き》ているのです。」

「直接会《ちょくせつあ》ったんだ!?」

びっくりしていると、エリナが画面《がめん》を横《よこ》に少《すこ》し動《うご》かした。すると、となりにいた同《おな》じ顔《かお》のマナが画面《がめん》に映《うつ》る。

「ここからはわたくしがお話《はな》ししますわ。……ところでわたくしとエリナで、ただひとつちがう点《てん》があるのはおわかりですか？」

「……マナは目《め》が見《み》えないこと？」

「そうです。わたくしは目《め》が見《み》えない分《ぶん》、耳《みみ》がいい……およそ常人《じょうじん》には聞《き》き取《と》れない音《おと》も聞《き》こえます。」

マナの緑色《みどりいろ》の瞳《ひとみ》は動《うご》かない。だけど、すべてを見透《みす》かすような、不思議《ふしぎ》な瞳《ひとみ》だ。

「人間《にんげん》の音《おと》は、正直《しょうじき》です。心臓《しんぞう》の音《おと》、つばを飲《の》みこむ音《おと》、呼吸《こきゅう》する音《おと》……。うそをつけば心臓《しんぞう》は速《はや》く打《う》ち、何度《なんど》もつばを飲《の》みこみ、呼吸《こきゅう》も速《はや》くなる。峯岸《みねぎし》の精神状態《せいしんじょうたい》を知《し》るためにも、直接会《ちょくせつあ》って、彼《かれ》の音《おと》をしっかりと聞《き》かなければならなかった。」

マナが目《め》を少《すこ》しだけ細《ほそ》め、小《ちい》さくほほえむ。

「結論《けつろん》から言《い》うと、彼《かれ》は本当《ほんとう》のことを話《はな》してくれたと思《おも》います。タウンの場所《ばしょ》も、教《おし》えてくれました。」

タウンの場所《ばしょ》がわかった⁉

「まずは、タウンの成《な》り立《た》ちについて話《はな》しましょう。永遠《とわ》さんは、クローン羊《ひつじ》のドリーをご存《ぞん》じかしら？」

「羊《ひつじ》のドリー？　なんかのアニメ？」

　マナが首《くび》を横《よこ》にふって、話《はなし》を続《つづ》ける。

「クローンは、元《もと》の生物《せいぶつ》と同《おな》じ遺伝子情報《いでんしじょうほう》を持《も》つ生物《せいぶつ》を人工的《じんこうてき》に作《つく》ることで、言《い》ってみればコピーみたいなものです。クローンを作《つく》ろうという試《こころ》みは昔《むかし》からあって、１９９６年《ねん》には、『ドリー』という名前《なまえ》のクローン羊《ひつじ》が誕生《たんじょう》している。ただ人間《にんげん》のクローンは、倫理的《りんりてき》な問題《もんだい》から多《おお》くの国《くに》で禁止《きんし》されています。」

　倫理的《りんりてき》、というのは「人間《にんげん》として正《ただ》しい行《おこな》いかどうか」ということだ。

　たしかに、ソララやピースのように、奴隷《どれい》や兵隊用《へいたいよう》にクローン人間《にんげん》が作《つく》られるようになったらいやだ。

「ドリーよりもっと昔《むかし》。とある小《ちい》さな国《くに》の国王《こくおう》が、このクローン人間《にんげん》を作《つく》ろうとしました。きっかけは、14歳《さい》になる王子《おうじ》が死《し》んだこと……。」

　国王《こくおう》は悲《かな》しんだ。そして、亡《な》くなった王子《おうじ》をよみがえらせるため、王子《おうじ》のクローンを作《つく》ろうとした。国王《こくおう》はクローン実験《じっけん》にのめりこみ、そのうち、どうせなら優秀《ゆうしゅう》な子《こ》どもがほしいと、脳《のう》の記憶領域《きおくりょういき》に情報《じょうほう》をインストールする技術《ぎじゅつ》や、強《つよ》い肉体《にくたい》にするための遺伝子操作《いでんしそうさ》なども研究《けんきゅう》しはじめた。

子《こ》どもにもう一度《いちど》会《あ》いたいという親《おや》の愛《あい》と、優秀《ゆうしゅう》な子《こ》どもがほしいという親《おや》のエゴ。世界中《せかいじゅう》から研究者《けんきゅうしゃ》を集《あつ》め、このクローンプロジェクトは進《すす》んでいった。

「でも、それで国家予算《こっかよさん》のほとんどを使《つか》い切《き》って、国《くに》が破産《はさん》してしまったのです。」

「え！　国《くに》って破産《はさん》するの？」

初《はじ》めて知《し》った！

「しますわ。」

「破産《はさん》するとどーなんの!?」

「国《くに》としてお金《かね》を持《も》っていないことになりますから、石油《せきゆ》や食糧《しょくりょう》など生活《せいかつ》に必要《ひつよう》な物資《ぶっし》が輸入《ゆにゅう》できなくなります。電気《でんき》や水道《すいどう》、ガス、道路《どうろ》など、生活《せいかつ》に絶対的《ぜったいてき》に必要《ひつよう》な基盤《きばん》のことをインフラと言《い》いますが、このインフラも維持《いじ》できなくなります。」

「大変《たいへん》じゃん！」

「国際組織《こくさいそしき》が国家《こっか》の建《た》てなおしに協力《きょうりょく》してくれれば話《はなし》は別《べつ》ですが……結局《けっきょく》、警察《けいさつ》も機能《きのう》しなくなり、内乱《ないらん》になって国《くに》は荒《あ》れ果《は》て、国王《こくおう》は逃亡《とうぼう》し、国家《こっか》そのものが消滅《しょうめつ》しました。」

そしてクローン人間実験施設《にんげんじっけんしせつ》は、内乱《ないらん》のどさくさで、とある犯罪組織《はんざいそしき》の手《て》に渡《わた》った。

そこでは「商品《しょうひん》」として人間《にんげん》を作《つく》ろうとした。でも、それもうまくいかなかった……前《まえ》にエリナが言《い》ったように、時間《じかん》とお金《かね》がかかりすぎるからだ。

そのため犯罪組織《はんざいそしき》は商品化《しょうひんか》をあきらめて、実験体《じっけんたい》のソラとピースごと、タウンを「人《じん》工《こう》の町《まち》」として売却《ばいきゃく》した。

その売却先《ばいきゃくさき》が、日本政府《にほんせいふ》だ。

「なぜ、峯岸《みねぎし》がタウンを購入《こうにゅう》したのか。その理由《りゆう》もわかりました。峯岸士郎《みねぎししろう》の母親《ははおや》は、その国《くに》の生《う》まれなのだそうです。」

「えええっ⁉」

「難民《なんみん》として日本《にほん》に渡《わた》ってきたそうです。峯岸《みねぎし》は、母親《ははおや》からこのプロジェクトの話《はなし》を聞《き》いていた。峯岸総理《みねぎしそうり》は最初《さいしょ》から、タウンがクローン実験施設《じっけんしせつ》だと知《し》っていたのです。」

次々《つぎつぎ》と新《あたら》しい事実《じじつ》が明《あか》るみになっていく。

「そしてこの人工《じんこう》の町《まち》、タウンの場所《ばしょ》ですが……。正確《せいかく》に言《い》うと、町《まち》ではありません。移《い》動式の島なのです。」

「移動式の……島?」

「タウンは海の上を常に移動しています。特殊な電波シールドで、人工衛星からも見つからないようにしている。」

「でも、たしかに海《うみ》が近《ちか》かったけど、犯罪《はんざい》ゲームのときはぼくは山《やま》を越《こ》えて脱出《だっしゅつ》したはず……。」

「月《つき》に一度《ど》、新月《しんげつ》のときに陸地《りくち》に接岸《せつがん》するのです。」

新月《しんげつ》？　接岸《せつがん》？

そのとき、ビデオチャットに通知《つうち》のアイコンがピコンと鳴《な》った。

「……やっと来《き》ましたわ。続《つづ》きは彼《かれ》に話《はな》していただきましょう。」

ザザッと画面《がめん》が割《わ》れて、ウエブ会議《かいぎ》のルームにひとり、入《はい》ってきた。

回線《かいせん》がつながってパッと画面《がめん》に現《あらわ》れたのは、全然《ぜんぜん》知《し》らないチャラいおじさんだった。

よく日《ひ》に焼《や》けていて、アロハシャツにウエーブのかかった髪《かみ》、サングラス。

表示《ひょうじ》された名前《なまえ》は「ＳＡＭＵＲＡＩ」。サムライ……侍《さむらい》？

だれだ……？

「やあ！　遅《おく》れてごめんごめん！　いい波《なみ》が来《き》てたから、ついサーフィンに夢中《むちゅう》になっちゃって。こっちに住《す》んでると時間《じかん》にルーズになってしまってよくないね。」

声《こえ》を聞《き》いて、ぼくはあんぐり口《くち》をあけてしまった。

この、イケオジなサーファーは……！

「み、峯岸《みねぎし》士郎《しろう》!?」

波乗《なみの》りサム

「その名前《なまえ》で呼《よ》ばれるのは久《ひさ》しぶりだなあ。ぼくの名前《なまえ》は士郎《しろう》だろ？　士郎《しろう》の『士《し》』は、サムライとも読《よ》むんだ。だからここではサムライのサム、波乗《なみの》りサムって呼《よ》ばれてるよ。」

ニカッと笑《わら》うと、白《しろ》い歯《は》が焼《や》けた肌《はだ》にピカッ。

いやいやいや！　そんなキャラじゃなかったじゃん！

あっけに取《と》られていると、峯岸《みねぎし》がおもむろにサングラスを取《と》る。

強《つよ》い目力《めぢから》は、総理《そうり》だったころと変《か》わらない。

「永遠《とわ》くん、あのときは申《もう》し訳《わけ》なかった……いろいろ事情《じじょう》があってね。本当《ほんとう》にすまない。マナ、エリナ。どこまで話《はな》したんだい？」

「タウンの成《な》り立《た》ちまで。トモダチゲームのご説明《せつめい》は、サムからお願《ねが》いします。」

マナとエリナもふつーにサムって呼《よ》んでんの!?

「オーケー。といっても、ぼくも電気《でんき》ショックをくらってから長《なが》らく記憶喪失《きおくそうしつ》でね。マナとエリナが会《あ》いに来《き》てくれて、ようやく完全《かんぜん》に思《おも》い出《だ》したところだ。」

峯岸《みねぎし》……いや、サムがどこから話《はな》そうか悩《なや》んでいるように、視線《しせん》を泳《およ》がせる。

「そうだな……まず……ぼくがなぜ政治家《せいじか》になったかを聞《き》いてほしい。ぼくが政治家《せいじか》を目《め》指《ざ》したのはね。……人《ひと》の役《やく》に立《た》ちたい、弱《よわ》い人《ひと》を助《たす》けたいと思《おも》ったからなんだ。」

うそつけ、という心《こころ》の声《こえ》がぼくの顔《かお》に出《で》ていたのか、サムが苦笑《にがわら》いになる。

「本当《ほんとう》なんだ。ぼくの母《はは》が難民《なんみん》だったこともあって、子《こ》どものころから、貧困《ひんこん》や差別《さべつ》について考《かんが》えることが多《おお》かった。みんな楽《たの》しそうにすごしている陰《かげ》で、困《こま》っている人《ひと》がたくさんいる。貧困《ひんこん》や差別《さべつ》をなくすためには、社会《しゃかい》の仕組《しく》みを変《か》えることだ。そのために政治家《せいじか》を志《こころざ》し、たくさんの人《ひと》の応援《おうえん》をもらって、ぼくは総理大臣《そうりだいじん》になれた。」

「そうですわね。サムが人気《にんき》政治家《せいじか》だったのは、若《わか》くてかっこいいという単純《たんじゅん》な理由《りゆう》だけではない。福祉《ふくし》や教育《きょういく》に熱心《ねっしん》に取《と》り組《く》む姿勢《しせい》が、真《ま》っ当《とう》に評価《ひょうか》されたからです。」

……そうだったんだ。全然《ぜんぜん》知《し》らなかった。

「ありがとう、マナ。ただ、トップになってみてわかるわけだよ。ひとりじゃなにもできない。同《おな》じ志《こころざし》を持《も》った仲間《なかま》が必要《ひつよう》だと思《おも》った。ぼくの意志《いし》を継《つ》いで、よい国《くに》を作《つく》ってくれる後輩《こうはい》がほしかった。」

「……だから、トモダチゲームで後継者選《こうけいしゃえら》びをしたってか？」

「いいや。後継者《こうけいしゃ》については、頭《あたま》の中《なか》で考《かんが》えていただけだ。そんなときにタウンの情報《じょうほう》が入《はい》って、ぼくは視察《しさつ》に出《で》かけた。母《はは》が生《う》まれた国《くに》の、負《ふ》の遺産《いさん》。だが、カプセルにはとてつもない可能性《かのうせい》を感《かん》じたよ。」

サムが遠《とお》くを見《み》るような目《め》つきになる。

「あのカプセルの本当《ほんとう》の価値《かち》は、クローン技術《ぎじゅつ》ではない。知識《ちしき》や情報《じょうほう》を、勉強《べんきょう》しなくてもインストールできたり、肉体《にくたい》を鍛《きた》えなくても強化《きょうか》できたりするところなんだ。」

たしかに、ソララはなんでも知《し》ってたし、ピースはバカ力《ぢから》だった。

「そこでぼくは……カプセルに入《はい》った。」

思《おも》いもよらないセリフに、ぼくは目《め》を見開《みひら》いた。

「だれにも負《ま》けない知能《ちのう》がほしかった。総理大臣《そうりだいじん》は完璧《かんぺき》であることが求《もと》められる。国《くに》としてまちがった判断《はんだん》をしたら、戦争《せんそう》になることだってある。そうだろう？」

まちがった判断《はんだん》で戦争《せんそう》になる……その言葉《ことば》は、すごく重《おも》く感《かん》じた。

「カプセルに入《はい》って、ありとあらゆる情報《じょうほう》をインストールしたよ。自分《じぶん》の体《からだ》を使《つか》った人体《じんたい》実験《じっけん》だ。結果《けっか》は成功《せいこう》だった。ぼくはさまざまな知識《ちしき》を授《さず》かった。だが……。」

言《い》いにくいことを口《くち》の中《なか》で反芻《はんすう》するみたいに、ほんの少《すこ》しの間《ま》が空《あ》いた。

「……この人体実験《じんたいじっけん》にはとんでもない副作用《ふくさよう》が出《で》る。」

副作用《ふくさよう》って、風邪薬《かぜぐすり》を飲《の》んだら眠《ねむ》くなったり、解熱剤《げねつざい》を飲《の》んだら胃《い》が痛《いた》くなったりするやつだ。

「体《からだ》に出《で》る副作用《ふくさよう》なら、自分《じぶん》でもわかる。だが、人体実験《じんたいじっけん》の副作用《ふくさよう》は、じわじわと、見《み》えない形《かたち》で現《あらわ》れた。……なんでも合理的《ごうりてき》に考《かんが》えるようになったんだ。」

肩《かた》をすくめて、小《ちい》さく顔《かお》を横《よこ》にふる。

「ぼくは変《か》わってしまった。あるとき、久《ひさ》しぶりに実家《じっか》にいくと、庭《にわ》でセミがうるさかった。それまでだったら、夏《なつ》にセミが鳴《な》くのはあたりまえと考《かんが》えていただろう。子《こ》どものころは、虫捕《むしと》りが大好《だいす》きだったしね。だけどカプセルに入《はい》った後《あと》は……セミを駆除《くじょ》すべきだと考《かんが》えたんだ。」

駆除《くじょ》……。

「いや、セミを駆除《くじょ》するだけじゃダメだ。すぐにまたうるさくなる。だから、庭《にわ》の木《き》を切《き》りたおしたよ。木登《きのぼ》りをして遊《あそ》んだクリの木《き》も、母《はは》が好《す》きだった桜《さくら》の木《き》も、すべて伐採《ばっさい》してしまった。セミの騒音問題《そうおんもんだい》は解決《かいけつ》して、びっくりするほど静《しず》かになったよ。」

サムはさびしくなった庭《にわ》を思《おも》い出《だ》したのか、目《め》をふせる。

「大量《たいりょう》の情報《じょうほう》をインストールしたことで、虫《むし》が好《す》きだった気持《きも》ちや、思《おも》い出《で》をたいせつにしたいという気持《きも》ちが上書《うわが》きされた。結果《けっか》、とても残酷《ざんこく》になった。」

目《め》をつむり、苦《くる》しそうにひとことずつ、ゆっくりと話《はな》す。

「後継者《こうけいしゃ》がほしい。優秀《ゆうしゅう》な人間《にんげん》を選《えら》びたい。人材育成《じんざいいくせい》プロジェクトとして始《はじ》めたのがトモダチゲームだ。トモダチゲームを運営《うんえい》するために開発《かいはつ》したのが、AI《エーアイ》『ティーチャー』だ。『ティーチャー』は、ぼくの思考《しこう》やプレイヤーの悪意《あくい》をどんどん学《まな》んでいった。」

AI《エーアイ》……人工知能《じんこうちのう》は、人間《にんげん》の子《こ》どもみたいに、だれかの言葉《ことば》や行動《こうどう》を情報《じょうほう》として学《まな》んで、そのマネをする。

「ゲームマスターをしている自分《じぶん》は、支配者《しはいしゃ》だった。支配欲《しはいよく》と残酷《ざんこく》な快楽《かいらく》に取《と》りつかれ、トモダチゲームを楽《たの》しむようになった。思《おも》いやりやさしさを失《うしな》っても、支配欲《しはいよく》は残《のこ》ったんだ。それだけ、思《おも》いやりは想像力《そうぞうりょく》を必要《ひつよう》とする、人間《にんげん》らしい心《こころ》なんだと思《おも》う。」

そこまで言《い》うと、サムは目《め》をあけて、ぼくをまっすぐに見《み》すえた。

「その後《ご》の展開《てんかい》はご存《ぞん》じのとおりだ。最後《さいご》、ぼくは自《みずか》ら作《つく》ったＡＩ《エーアイ》に〝処分《しょぶん》〟されることになる。ぼくが庭《にわ》の木《き》を切《き》りたおしたみたいにね。……さて、ここからが本題《ほんだい》だ。都知事《とちじ》選《せん》にＡＩ《エーアイ》が立候補《りっこうほ》したんだろう？」

「それ！」

思《おも》わず身《み》を乗《の》りだした。

「こっちの国《くに》でも話題《わだい》になってるよ。スマイルくんの中身《なかみ》は『ティーチャー』でまちがいないだろう。」

「だよな。『トモダチゲーム、始《はじ》まるよ～！』って言《い》ってたし。ただ、なんで選挙《せんきょ》なんだろう？　あまりピースらしくない気《き》がする。」

ピースは、命《いのち》を危険《きけん》にさらすような派手《はで》なゲームが好《す》きなはずだ。

「これは推測《すいそく》だが……『ティーチャー』は忠実《ちゅうじつ》に、合理的《ごうりてき》に、総理大臣《そうりだいじん》の後継者《こうけいしゃ》を求《もと》めている。後継者《こうけいしゃ》の最有力候補《さいゆうりょくこうほ》だった永遠《とわ》くんが脱落《だつらく》してしまったことで、今度《こんど》は、自分自身《じぶんじしん》が後継者《こうけいしゃ》になろうとしてるんじゃないだろうか？」

「そうですわね……。都知事《とちじ》となってトモダチ党《とう》の支持者《しじしゃ》を増《ふ》やし、いずれ国政《こくせい》に進出《しんしゅつ》する。ありえないことではありませんわ。」

スマイルくんが、本気《ほんき》で総理大臣《そうりだいじん》になろうとしてる？

そんなこと、絶対《ぜったい》にさせるもんか。

「……サム。タウンは移動式《いどうしき》の島《しま》なんだろ？　侵入《しんにゅう》することは可能《かのう》なのか？」

「ああ。タウンは人工《じんこう》の浮《う》き島《しま》なんだ。新月《しんげつ》のときだけ、物資《ぶっし》の搬入《はんにゅう》のためにとある海岸《かいがん》に接岸《せつがん》する。ええと次《つぎ》は……。」

「約《やく》2週間後《しゅうかんご》。投票日《とうひょうび》の前日《ぜんじつ》ですわね。」

マナが答《こた》えた。

30人《にん》の救出《きゅうしゅつ》。スマイルくんの当選阻止《とうせんそし》。約《やく》2週間後《しゅうかんご》に姿《すがた》を現《あらわ》すタウン。

……やることはひとつだ。

「よし。……タウンにいって、ぼくがＡＩ《エーアイ》をぶっ壊《こわ》してくる。」

3人《にん》が目《め》を見張《みは》る。

「蓮《れん》たちを救出《きゅうしゅつ》するついでに、破壊《はかい》してくる。それがいちばん確実《かくじつ》だろ？」

サムがプッとふき出《だ》して、それからパチンと指《ゆび》を鳴《な》らした。

「ナイスアイデアだ！　いっそタウンごと、海《うみ》に沈《しず》めてしまうっていうのはどうだい？」

日焼《ひや》けした顔《かお》にしわをよせて、いたずらっぽくほほえむ。

「タウンごと？」

「ああ。膨大《ぼうだい》なデータにカプセル、ヒューマノイド……外部《がいぶ》に流出《りゅうしゅつ》して悪用《あくよう》されたら、とんでもないことになる。だれの手《て》も届《とど》かない、海《うみ》の底《そこ》に沈《しず》めてしまうのがいちばんいい。」

「タウンを沈《しず》めるなんて、そんなことできんの？」

「できるんだ。いいかい、永遠《とわ》くん。よく聞《き》いてくれ。チャンスは一度《ど》だ――。」

サムが教《おし》えてくれたのは、おそらくピースもソララも知《し》らない、タウンの秘密《ひみつ》だった。

タウンの生活《せいかつ》

そのころ、当《とう》の30人《にん》は、のんびりとホテルライフをすごしていた。

ホテルの出入《でい》り口《ぐち》やレストランの窓《まど》、いたるところに怪力《かいりき》メイドがいて監視《かんし》されてはいるものの、近《ちか》づかなければ襲《おそ》ってはこない。

料理《りょうり》は豪華《ごうか》でおいしいし、洗濯《せんたく》や掃除《そうじ》もしてくれる。つまりなにもしなくていい。

よって、ほとんどの人間《にんげん》はひまを持《も》て余《あま》していた。

「花奈《かな》ちゃん、どうしよう～。絶対《ぜったい》わたし、太《ふと》ってる～。」

「ミライちゃんは少《すこ》し体重《たいじゅう》増《ふ》やしたほうがいいよ～。もとがやせすぎだもの～。ヤバいのはわたしだよ～。」

レストランのテーブルに、花奈《かな》がつっぷしてしまう。ヤバいと言《い》いつつ、甘《あま》い物好《ものず》きの花奈《かな》の前《まえ》にはチョコロールケーキとミルクココア。

ミライと花奈《かな》、ミーハーなふたりは好《す》きなアイドルグループが同《おな》じということで意気投《いきとう》合《ごう》。あっという間《ま》に仲良《なかよ》くなった。

「いいえ、ヤバいのはわたしですわ。なんだか顔《かお》が丸《まる》くなった気《き》がしますもの。」

そこに妃咲《きさき》もやってきて、女子《じょし》トークに加《くわ》わる。

「ずっとホテルの中《なか》じゃ、運動不足《うんどうぶそく》にもなるよねー。」

「デザートがおいしすぎる……。」

「つい食《た》べすぎてしまいますわ……。」

はーっと3人《にん》でため息《いき》をつく。

「ふん。マジ美意識低《びいしきひく》すぎ。」

キツいツッコミを入《い》れてきたのは、蛇野《へびの》だった。

ムッとする3人《にん》に、相変《あいか》わらずの上《うえ》から目線《めせん》で話《はなし》を続《つづ》ける。

「杏奈《あんな》は毎日《まいにち》、エクササイズをしてるわ。だって将来《しょうらい》ファーストレディーになるんだもん。世界《せかい》に注目《ちゅうもく》されるその日《ひ》のために、美《うつく》しさに磨《みが》きをかけてるの。」

そう言《い》われて見《み》ると、蛇野《へびの》はちっとも太《ふと》っていないし、脚《あし》も腕《うで》も引《ひ》き締《し》まっている。

「……あの……どんなエクササイズしてるの……？」

おどおどと話《はなし》に加《くわ》わってきたのは、みめるだ。

みめるは動画制作《どうがせいさく》で一日中《いちにちじゅう》パソコンの前《まえ》に座《すわ》っていることが多《おお》く、もともとぽっちゃり体型《たいけい》。この監禁生活《かんきんせいかつ》でさらにふっくらしてきて、かなりあせっている。

「みめるはさー、エクササイズの前《まえ》に姿勢《しせい》が悪《わる》すぎんのよ。ほら、背筋《せすじ》を伸《の》ばして！　両《りょう》肩《かた》をぐるっと大《おお》きくうしろに回《まわ》してみて。それから腰《こし》を立《た》てて、おなかをたいらにする。そうそう。次《つぎ》はつまさき立《だ》ちで5秒《びょう》。どう？　これが正《ただ》しい、美人《びじん》の姿勢《しせい》よ。」

蛇野《へびの》の言《い》うとおりにすると、みめるの猫背《ねこぜ》がいきなり改善《かいぜん》した。

「え……すごいんだけど。マイナス5キロくらいに見《み》える！」

ミライが目《め》を丸《まる》くする。

「あとさー、みめるは髪型《かみがた》がもっさりしすぎ！　ちょっと座《すわ》って待《ま》ってて！」

蛇野《へびの》は部屋《へや》からヘアブラシとヘアゴムを持《も》ってくると、みめるの豊《ゆた》かな黒髪《くろかみ》を、慣《な》れた手《て》つきでブラッシング。

「超簡単《ちょうかんたん》なヘアアレンジ教《おし》えてあげる。後頭部《こうとうぶ》に三《み》つ編《あ》みをひとつ作《つく》ってー、襟足《えりあし》で結《むす》んでー、全体《ぜんたい》の髪《かみ》をちょっとずつ引《ひ》き出《だ》してニュアンス出《だ》してー。それから結《むす》んだ髪《かみ》の毛《け》の真《ま》ん中《なか》をちょっと空《あ》けて毛束《けたば》をその中《なか》にくるっと入《い》れこむ！　はい完成《かんせい》！」

「「かわいいー！！！」」

なぜか蛇野《へびの》のヘアアレンジ講座《こうざ》が始《はじ》まった。


そしてルイの部屋《へや》には、ゲーマーたちが一日中《いちにちじゅう》、入《い》り浸《びた》っていた。

「やられたー！　ルイ、まじで強《つ》えー！」

「次《つぎ》おれと対戦《たいせん》しよーぜーっ！」

ルイはゲーム機《き》を持《も》っていて、ネットにはつなげないものの、たいていの人気《にんき》ゲームがプレイできる。

しかもルイはずばぬけて強《つよ》く、どのゲームでもチャンピオン。

最初《さいしょ》は仮面《かめん》を気味悪《きみわる》がっていた子《こ》たちもすぐに慣《な》れ、今《いま》はルイと対戦《たいせん》するため、順番待《じゅんばんま》ちの列《れつ》ができるほどだ。

その様子《ようす》をベッドに腰《こし》かけて見《み》ているのは、南波《みなみ》と流蘭《るら》のふたり。

「七海《なみ》ちゃんはやらないの……？」

杏奈《あんな》の簡単《かんたん》ヘアアレンジ講座《こうざ》♡
1．耳上《みみうえ》の髪《かみ》で三《み》つ編《あ》みをひとつ作《つく》る
2．ひとつ結《むす》びにする
3．髪《かみ》を引《ひ》き出《だ》し、ふんわりさせる
4．ゴムの結《むす》び目《め》に小《ちい》さな穴《あな》を作《つく》る
5．毛束《けたば》を穴《あな》に入《い》れてくるりんぱする
6．完成《かんせい》!!!
ふふん

「ああ。ルイに新《あたら》しい友《とも》だちができるなら、そっちのほうがいい。」

南波《みなみなみ》もゲームは好《す》きだが、ルイがほかの人間《にんげん》と遊《あそ》ぶようになってからは、遠慮《えんりょ》している。


ルイは不登校《ふとうこう》で、ほとんど学校《がっこう》に通《かよ》っていない。

人《ひと》と話《はな》すのがとにかく苦手《にがて》で、声《こえ》を発《はっ》することができないから。

仲《なか》のいい南波《みなみなみ》たちとも、顔《かお》を隠《かく》してやっと、短《みじか》い会話《かいわ》ができるくらいだ。

だが、この特殊《とくしゅ》な環境《かんきょう》で、じわじわとルイが変《か》わりつつあるのを、南波《みなみなみ》は感《かん》じていた。

ルイが、南波《みなみなみ》たち以外《いがい》のリアルな人間《にんげん》と交流《こうりゅう》している。

その貴重《きちょう》な時間《じかん》を、邪魔《じゃま》したくはなかった。

とはいえ、もしルイのことをからかったり、バカにしたりするやつがいたらソッコー殴《なぐ》るつもりで、見守《みまも》っている。

「七海《なみ》ちゃんはやさしいね……。」

「ん？　なんだ、今《いま》ごろ気《き》づいたのか？」

ふたりが笑《わら》いながら、肩《かた》をよせ合《あ》った。

たいせつな存在《そんざい》

なぜこんなにのんびりしているかというと、少《すく》なくとも新月《しんげつ》になる前《まえ》にトモダチゲームが開催《かいさい》されることはないと判明《はんめい》したから。

この情報《じょうほう》をくれたのは、意外《いがい》にもゲーム運営《うんえい》サイドのソララだった。

天地《てんち》がリーダーに決《き》まった日《ひ》。

夜野《よるの》が部屋《へや》に戻《もど》ろうとすると、ドアの前《まえ》にスンとした表情《ひょうじょう》でソララが立《た》っていた。

「ソララさん⁉　どうしたの？」

びっくりした夜野《よるの》が駆《か》けよる。

「ふむ。わたしは昨夜《さくや》、よく眠《ねむ》れませんでした。今日《きょう》は食欲《しょくよく》もなく、だるさを感《かん》じます。」

「え！　風邪《かぜ》かな？　熱《ねつ》は？　大丈夫《だいじょうぶ》？」

「ちがいます。わたしは永遠《とわ》がいなくなって、さびしいのです。」

夜野《よるの》が目《め》をぱちくりさせる。

「不眠《ふみん》、食欲低下《しょくよくていか》、だるさ、集中力《しゅうちゅうりょく》の低下《ていか》、気分《きぶん》の落《お》ちこみ。これらの症状《しょうじょう》について分析《ぶんせき》した結果《けっか》、永遠《とわ》がいなくなったことと深《ふか》い関係《かんけい》があるとわかりました。」

「そう……ソララさんにとって、永遠《とわ》さんはたいせつな存在《そんざい》だったんだね。」

「はい。夜野《よるの》もたいせつな存在《そんざい》である。」

「え。」

驚《おどろ》いて固《かた》まる夜野《よるの》にかまわず、ソララが淡々《たんたん》と続《つづ》ける。

「夜野《よるの》もいなくなっていたらと不安《ふあん》になり、こうして会《あ》いに来《き》た。存在《そんざい》が確認《かくにん》できたのでわたしは戻《もど》る。では。」

「ちょっと待《ま》って！」

いこうとするソララの腕《うで》を、あわててつかむ。

今《いま》しかチャンスはないとばかりに、大《おお》きく肩《かた》を上下《じょうげ》させると、夜野《よるの》は言《い》った。

「ソララさん！　もし、もしもだよ……ぼくがタウンから出《で》ていくと言《い》ったら、一緒《いっしょ》についてきてくれる？」

「ふむ？　むりです。」

「なんで⁉」

公開告白《こうかいこくはく》に続《つづ》いて2度《ど》めのお断《ことわ》りだが、夜野《よるの》も今度《こんど》はめげない。

「ぼくにとっても、ソララさんはたいせつな存在《そんざい》だよ。それにここを出《で》れば、永遠《とわ》さんにだってまた会《あ》えるんだよ。」

「むりです。わたしはトモダチゲームのアイテムです。ゲームマスターの命令《めいれい》には逆《さか》らえません。では。」

「そんな……！　ソララさんは、アイテムなんかじゃない！　ひとりの人間《にんげん》だよ！」

夜野《よるの》がぎゅっと、ソララの手《て》をにぎる。

「ふむ……。」

ソララが首《くび》をかしげ、にぎられた手《て》を見《み》つめる。

だが、結局《けっきょく》はするりと手《て》をほどいてしまう。

「では。」

「……ソララさん！」

もう一度《いちど》引《ひ》き留《と》めようとして夜野《よるの》が手《て》を伸《の》ばすが、ソララは無視《むし》してスタスタ歩《ある》いていってしまう。

と、ソララが途中《とちゅう》でぴたりと立《た》ち止《ど》まった。

カクッ、カクッと回《まわ》れ右《みぎ》をして、また夜野《よるの》のほうを向《む》く。

「……わたしは次《つぎ》のスターリンク衛星《えいせい》を見《み》たい。」

スターリンク衛星《えいせい》は、いくつも連《つら》なって、まるで夜空《よぞら》を走《はし》る列車《れっしゃ》のように見《み》える人工衛《じんこうえい》星《せい》だ。不定期《ふていき》に打《う》ち上《あ》がり、肉眼《にくがん》でも見《み》ることができる。

夜野《よるの》たちが初《はじ》めてタウンに来《き》たときも、ソララとスターリンク衛星《えいせい》を見《み》た。

山《やま》を歩《ある》き回《まわ》ってへとへとになっているところをソララに助《たす》けられ、見上《みあ》げた夜空《よぞら》にちょうど光《ひかり》の列車《れっしゃ》が駆《か》けていったのだ。

「次《つぎ》にスターリンク衛星《えいせい》が見《み》られるのは、21日後《にちご》、新月《しんげつ》のときです。夜野《よるの》も一緒《いっしょ》に見《み》よう。」

「でも……もしトモダチゲームが……。」

もちろん見《み》たいけれど、その前《まえ》にゲームが開催《かいさい》されたらなにが起《お》こるかわからない。

「ふむ。問題《もんだい》ない。しばらくトモダチゲームはないとピースが言《い》っていた。」

ソララの口《くち》の端《はし》が、かすかに上《あ》がっている。

夜野《よるの》が初《はじ》めて見《み》る、ソララの笑顔《えがお》だった。

「……うん。わかった。一緒《いっしょ》に見《み》よう。」

夜野《よるの》が力強《ちからづよ》く言《い》い、ソララがまた回《まわ》れ右《みぎ》をして背《せ》を向《む》けた。

思《おも》いがけないほほえみと約束《やくそく》に、夜野《よるの》の胸《むね》が熱《あつ》くなる。

ただ、背《せ》を向《む》けたソララはまたすぐに無表情《むひょうじょう》に戻《もど》る。

そしてぼそりとつぶやいた。

「……もしわたしがタウンを出《で》ていったら……ピースはどうなるのだろうか？」


ソララを見送《みおく》ってから、夜野《よるの》はすぐに天地《てんち》の部屋《へや》に報告《ほうこく》にいった。

「トモダチゲームは少《すく》なくとも新月《しんげつ》までは行《おこな》われないらしい。」と聞《き》き、天地《てんち》はホッと胸《むね》をなで下《お》ろした。これでじっくりと脱走《だっそう》の計画《けいかく》を練《ね》ることができる。

「それで、実《じつ》は天地《てんち》さんに、お願《ねが》いがあるんです。」

「なにかな？」

天地《てんち》が愛想《あいそ》よく目尻《めじり》を下《さ》げる。

その笑顔《えがお》に励《はげ》まされたように、夜野《よるの》が一気《いっき》に言《い》った。

「ソラランさんも一緒《いっしょ》に、タウンから連《つ》れ出《だ》したいんです。」

天地《てんち》が「あの子《こ》を？」と驚《おどろ》く。

「はい。彼女《かのじょ》は命令《めいれい》に逆《さか》らえないだけなんです。だから……。」

「ごめん、夜野《よるの》さん。悪《わる》いけど、それはできない。」

最後《さいご》まで言《い》わせず、天地《てんち》が首《くび》を左右《さゆう》にふった。

「どうしてですか⁉」

「……敵陣営《てきじんえい》だからだよ。連《つ》れていくということは、脱出計画《だっしゅつけいかく》をソラランさんにも話《はな》さなくちゃいけないだろう？　そうしたら、ピースにバレるかもしれない。」

「でも、ピースにはだまっててと言《い》えば……。」

「信用《しんよう》できるの？　もしピースが脱出計画《だっしゅつけいかく》のことを知《し》ったら、なにをされるかわからない。南波《みなみ》さんたちも危険《きけん》にさらす行為《こうい》だよ。」

夜野《よるの》がハッとなる。

「ぼくはドライだってよく永遠《とわ》に怒《おこ》られる。でも、ぼくが助《たす》けなくちゃいけないのは、このホテルにいる30人《にん》だ。ソララさんは入《はい》っていない。」

天地《てんち》がきっぱりと言《い》った。


夜野《よるの》はがっくりと肩《かた》を落《お》として帰《かえ》っていった。

ひとりになった部屋《へや》で、天地《てんち》は考《かんが》える。

(永遠《とわ》だったら、どう答《こた》える?)

ソララを助《たす》けたい。そう言《い》われたら、きっと永遠《とわ》は後先考《あとさきかんが》えずに「わかった。」と言《い》うだろう。そしてなんとかしてしまうのが永遠《とわ》だ。

だが、自分《じぶん》にはそれはできない。永遠《とわ》が正義感《せいぎかん》や思《おも》いやりで行動《こうどう》を決《き》めるように、自分はなにがベストか計算《けいさん》して行動《こうどう》を決《き》める。

ピースに脱走計画《だっそうけいかく》がバレる危険性《きけんせい》があるのだから、夜野《よるの》の願《ねが》いを聞《き》くわけにはいかない。

目的《もくてき》のために、切《き》り捨《す》てるものは切《き》り捨《す》てる。それでいい。

(……ぼくはぼくのやり方《かた》で、責任《せきにん》を果《は》たす。必《かなら》ず、全員《ぜんいん》を助《たす》ける。)

こうしてタウンでは、表向《おもてむ》きにはおだやかに日々《ひび》が過《す》ぎていった。

だが平和《へいわ》だったのもつかの間《ま》、奇妙《きみょう》な事件《じけん》が起《お》こった。

「男《おとこ》の子《こ》の幽霊《ゆうれい》が出《で》た？」

「「そうですわ！」」

深夜《しんや》、天地《てんち》の部屋《へや》に、華原姉妹《かはらしまい》が駆《か》けこんできたのだ。

華原姉妹《かはらしまい》はハーブティーが飲《の》みたくなり、ふたりでレストランへいくことにした。時計《とけい》は午前《ごぜん》0時《じ》を回《まわ》っていたが、タウンでは夜《よ》ふかしをとがめられることもない。

華原姉妹《かはらしまい》の部屋《へや》は5階《かい》で、運動《うんどう》のために階段《かいだん》で下《お》りていった。

2階《かい》にさしかかったとき、ふと、だれかの歌声《うたごえ》が聞《き》こえてきた。

美《うつく》しいボーイソプラノ。曲《きょく》は歌《うた》い手《て》「ＭＥＲＵ《める》」の人気曲《にんききょく》で、ＭＥＲＵ《める》の正体《しょうたい》はクラスメイトのみめる。

華原姉妹《かはらしまい》は、歌《うた》っているのもクラスメイトのだれかだと考《かんが》えた。

うちのクラスにこんな美《うつく》しい歌声《うたごえ》の子《こ》がいるなんて……と、歌声《うたごえ》の主《ぬし》をどうしても知《し》りたくなったふたりは、声《こえ》を追《お》ってそっと2階《かい》に足《あし》をふみ入《い》れた。

廊下《ろうか》の照明《しょうめい》はフットライトと常夜灯《じょうやとう》だけで、かなり薄暗《うすぐら》い。

歌声《うたごえ》は通路《つうろ》の先《さき》、エレベーターホールのあたりから聞《き》こえてくる。

そこで華原姉妹《かはらしまい》が見《み》た人物《じんぶつ》とは……。

「美少年《びしょうねん》の幽霊《ゆうれい》がいたんですわ！」

歌《うた》っていたのは、死神《しにがみ》のような黒《くろ》いマントをはおった少年《しょうねん》。

青白《あおじろ》い顔《かお》。大《おお》きな瞳《ひとみ》に生気《せいき》はなく、だがそれゆえにはかなげで美《うつく》しい。

うすく色《いろ》のないくちびるからもれる、透《す》き通《とお》った歌声《うたごえ》。

この世《よ》のものとは思《おも》えず、華原姉妹《かはらしまい》は息《いき》を殺《ころ》して逃《に》げだした。

「幽霊《ゆうれい》……？　そんなバカな。」

天地《てんち》が言《い》うと、華原姉妹《かはらしまい》がかみつくような勢《いきお》いで訴《うった》えてくる。

「本当《ほんとう》ですわ！」

「ふたりで見《み》まちがえるわけないじゃありませんか！」

その迫力《はくりょく》に押《お》され、「わ、わかった。じゃあ、今《いま》から見《み》にいってくるよ。」と天地《てんち》がひとりで2階《かい》のエレベーターホールへと確認《かくにん》しにいった。

だが、歌声《うたごえ》も聞《き》こえず、美少年《びしょうねん》の姿《すがた》はどこにもない。

（ヒューマノイドだろうか……？　でも、なんの目的《もくてき》で……？）

天地《てんち》はひとり、首《くび》をひねった。


トラブルはそれだけではなかった。

翌朝《よくあさ》、大問題《だいもんだい》が発生《はっせい》したのである。

「ちょっとー！　なんで朝食《ちょうしょく》が用意《ようい》されてないのー？」

「見《み》て！　昨日《きのう》食《た》べた食器《しょっき》もそのままで洗《あら》ってないわ。」

「なんで洗濯《せんたく》されてないんだ？　着替《きが》えが足《た》りねーよっ。」

突然《とつぜん》、メイドたちが家事《かじ》をしなくなったのだ。

空気《くうき》のようにあれこれやってくれていたのに、今朝《けさ》はひとりも動《うご》いていない。

見張《みは》りのメイドはあちこちにいるものの、ただ笑顔《えがお》で突《つ》っ立《た》ってるだけ。

料理《りょうり》も片付《かたづ》けも洗濯《せんたく》も掃除《そうじ》もしてくれない。

「腹《はら》へった！　なんかねーのか？」

「新《あたら》しいタオルないのー？」

30人分《にんぶん》の家事《かじ》がストップすると、一気《いっき》にホテルライフは荒《あ》れた。

「ちょっと落《お》ち着《つ》こう、みんな！」

不満《ふまん》が爆発《ばくはつ》する寸前《すんぜん》、天地《てんち》があわてて声《こえ》を張《は》り上《あ》げる。

「麗《うらら》、優々《ゆゆ》さん。なにか食《た》べるものがあるか、厨房《ちゅうぼう》をチェックしてくれる？　手《て》の空《あ》いている人《ひと》は、食器《しょっき》を洗《あら》ってもらえると助《たす》かる。」

てきぱきと指示《しじ》を出《だ》すと、すぐに優々《ゆゆ》が「冷蔵庫《れいぞうこ》とパントリーを見《み》てみるわ。」と厨房《ちゅうぼう》へ。それを合図《あいず》に、ほかのメンバーもガヤガヤと動《うご》きはじめた。

置《お》きっぱなしの皿《さら》を運《はこ》んだり、テーブルをふいたり。

「食材《しょくざい》はあったわ。カレーならすぐ作《つく》れるけど。」

厨房《ちゅうぼう》から戻《もど》ってきた優々《ゆゆ》が言《い》うと、音羽《おんぱ》が「ぼく朝《あさ》カレー大好《だいす》きや～！」と大喜《おおよろこ》び。

朝食《ちょうしょく》のメニューはカレーに決定《けってい》し、優々《ゆゆ》と麗《うらら》、みめる、月《つき》、妃咲《きさき》、華原姉妹《かはらしまい》、それから石川《いしかわ》と高木《たかぎ》が厨房《ちゅうぼう》に入《はい》った。

そして皿洗《さらあら》いの指揮《しき》を執《と》ったのは、意外《いがい》にも両国《りょうごく》だった。

「皿《さら》を洗《あら》う……どうやるんだ？」

「おい漣《さざなみ》、本気《ほんき》で言《い》ってんのか？」

「すまん。家《いえ》の手伝《てつだ》いはほとんどしたことがない……。」

「しかたねーな！　教《おし》えてやるよ！」

両国《りょうごく》は小学校《しょうがっこう》のころから相撲《すもう》クラブに所属《しょぞく》しており、ちゃんこ鍋《なべ》の準備《じゅんび》から片付《かたづ》けまでしっかりこなしてきた。家事《かじ》スキルは意外《いがい》に高《たか》い。

「カレーを作《つく》って……どうやるの？」

「わたし、野菜《やさい》の皮《かわ》をむいたこともありませんわ。」

蓮《れん》と同《おな》じようなことを言《い》っているのは、なんと麗《うらら》たちである。

ＫＫ《ケーケー》学園《がくえん》の女子《じょし》軍団《ぐんだん》がおろおろしている横《よこ》で、石川《いしかわ》と高木《たかぎ》が手際《てぎわ》よく大量《たいりょう》の米《こめ》を研《と》ぎ、優々《ゆゆ》がマッハのスピードで野菜《やさい》を切《き》りはじめた。

「すごーい！」

「優々《ゆゆ》さん、お料理《りょうり》できるのね！」

トントンとリズミカルににんじんを切《き》っていく優々《ゆゆ》の手元《てもと》を、興味津々《きょうみしんしん》で見《み》つめている。

「っていうか、みなさんはなんでできないの……？」

優々《ゆゆ》が言《い》うと、麗《うらら》はばつが悪《わる》そうに肩《かた》をすくめる。

「うちはほとんど家政婦《かせいふ》さんがやってくれて、母《はは》もわたしも料理《りょうり》はしてなくて。」

「月《つき》もー。卵《たまご》も割《わ》れないしー。」

優々《ゆゆ》は小《ちい》さくため息《いき》をつく。優々《ゆゆ》ももともとお嬢《じょう》さまだったが、父親《ちちおや》の会社《かいしゃ》が倒産《とうさん》した後《あと》は積極的《せっきょくてき》に家《いえ》の手伝《てつだ》いをしていたので、一通《ひととお》りのことはできる。

ちなみに石川《いしかわ》と高木《たかぎ》はボーイスカウトに所属《しょぞく》しているので基本《きほん》はばっちり。

「……よかったら、切《き》り方《かた》くらい教《おし》えるわ。」

「「「はーい！」」」

そして天地《てんち》は夜野《よるの》たちから、ヒューマノイドについての情報《じょうほう》を集《あつ》めていた。

「今《いま》までにメイドが動《うご》かなくなったことはある？」

「あたしたちが来《き》てからは、一度《いちど》もなかった。故障《こしょう》とかのトラブルもない。」

南波《みなみなみ》が答《こた》えると、夜野《よるの》、流蘭《るら》、ルイ、音羽《おんぱ》もうなずく。

長《なが》らくホテル住《ず》まいをしていた5人《にん》だが、こんなことは初《はじ》めてだった。

「あと、このホテルにメイド以外《いがい》のヒューマノイドっているのかな？　たとえば男《おとこ》の子《こ》の。」

この問《と》いにも、南波《みなみなみ》は「見《み》たことがない。」と首《くび》を横《よこ》にふる。

「『タウンモール』にはいろんなタイプのヒューマノイドがおるけど、ホテルはメイドしかおらんよ～。」

音羽《おんぱ》もそう言《い》い、夜野《よるの》、流蘭《るら》、ルイもまたうなずく。

（ということは、華原《かはら》さんたちが見《み》た美少年《びしょうねん》ヒューマノイドは、外《そと》から入《はい》ってきたのか？　なにをしに？　メイドの家事《かじ》ボイコットと関係《かんけい》あるんだろうか？）

天地《てんち》は幽霊《ゆうれい》を信《しん》じていない。華原姉妹《かはらしまい》にも、パニックになるから幽霊《ゆうれい》さわぎのことはみんなに言《い》わないようにと口止《くちど》めしてある。

「……じゃあ、ピースに話《はなし》を聞《き》きたいんだけど、連絡《れんらく》は取《と》れるかな？」

これには夜野《よるの》が答《こた》えた。

「それが、ピースはいつも突然現《とつぜんあらわ》れて、一方的《いっぽうてき》に話《はな》すだけで、こちらから連絡《れんらく》を取《と》ったことはないんだ。それで今《いま》まで困《こま》らなかったし。」

「じゃ、ソララさんとは連絡《れんらく》を取《と》れる？」

夜野《よるの》のほおが、ポッと赤《あか》くなる。

「えっと……それはその……夜《よる》に、ホテルの屋上《おくじょう》で一緒《いっしょ》に星《ほし》を見《み》るからそのときに……。あ、でも！　脱出計画《だっしゅつけいかく》のことは言《い》ってないから！」

どうやら毎晩《まいばん》、屋上《おくじょう》デートを重《かさ》ねているらしい。

そこで天地《てんち》もついていき、ソララに話《はなし》を聞《き》くことになった。

夜《よる》。屋上《おくじょう》で待《ま》っていると、ソララがふらりとやってきた。

「こんばんは、ソララさん。天地神明《てんちかみあき》です。久《ひさ》しぶりだね！」

「こんばんは。」

コミュ力《りょく》お化《ば》けの天地《てんち》がにっこり話《はな》しかけても、ソララは相変《あいか》わらずの無表情《むひょうじょう》。

だがメイドについて聞《き》くと、すぐに教《おし》えてくれた。

「ふむ。メイドが動《うご》かないのは、スマイルくんがいそがしいからである。」

「えーっと……そのスマイルくんって、いったい何者《なにもの》なのかな？」

天地《てんち》が笑顔《えがお》を崩《くず》さず、慎重《しんちょう》に聞《き》く。

ピースの生徒《せいと》らしいが、いまだ正体《しょうたい》は不明《ふめい》だ。

「スマイルくんはＡＩ《エーアイ》です。元《もと》のティーチャーである。」

ソララがあっさり教《おし》えてくれて、拍子《ひょうし》ぬけする。

「元《もと》のティーチャーってことは、もしかして、ピースが自分《じぶん》で先生役《せんせいやく》をやりたいから、呼《よ》び名《な》をスマイルくんに変《か》えただけってこと？」

天地《てんち》があきれると、ソララが「正解《せいかい》です。」とまるで機械音声《きかいおんせい》のように答《こた》える。

「ふむ。メイドの活動停止《かつどうていし》は、スマイルくんが、ホテルタウンにリソースをさけないのが原因《げんいん》である。復旧《ふっきゅう》の見込《みこ》みは立《た》っていません。」

リソースとは、コンピュータで、動作《どうさ》の実行《じっこう》に必要《ひつよう》な処理《しょり》システムの要素《ようそ》や機器《きき》のことだ。つまりＡＩ《エーアイ》がほかの作業《さぎょう》をしていて、こっちまで手《て》が回《まわ》らないということらしい。

「それはどうして？　トモダチゲームの準備《じゅんび》をしているから？　そんなに大変《たいへん》なの？」

「ＡＩ《エーアイ》は学《まな》ぶ。そして成長《せいちょう》する。」

天地《てんち》の質問《しつもん》に、ソララが即答《そくとう》する。

が、意味《いみ》がわからず、天地《てんち》が「えーっと……？」と首《くび》をひねる。

「あの……ソララさん、説明《せつめい》が足《た》りないかも。もっとくわしく。」

夜野《よるの》にうながされ、ソララが「失礼《しつれい》。」とズイッと天地《てんち》に顔《かお》を近《ちか》づけた。

「今《いま》まではスマイルくんは、ピースの指示《しじ》に従《したが》ってゲームを考案《こうあん》、運営《うんえい》していた。だが現在《げんざい》、独自《どくじ》の見解《けんかい》を持《も》ってトモダチゲームを進《すす》めている。説明《せつめい》は以上《いじょう》です。」

説明《せつめい》されてもよくわからなかった。

唯一《ゆいいつ》わかったのは、どうやらしばらくは、自分《じぶん》たちで家事《かじ》をやらねばならないということだけだった。

麗《うらら》の手料理《てりょうり》

メイドの家事《かじ》ボイコットから数日《すうじつ》。

憩《いこ》いの場所《ばしょ》であるはずのレストランは、地獄《じごく》と化《か》していた。

いつもはワイワイとさわがしいのに、今《いま》はため息《いき》と奇妙《きみょう》な沈黙《ちんもく》。

聞《き》こえるのはカチャ……カチャ……という食器《しょっき》とスプーンがふれ合《あ》う控《ひか》えめな音《おと》。

沈黙《ちんもく》を破《やぶ》ったのは「おえっ。」「おい、だいじょうぶか？」という声《こえ》。

原因《げんいん》は、麗《うらら》の料理《りょうり》である。

初《はじ》めての料理《りょうり》が楽《たの》しくてしかたない麗《うらら》は、独創的《どくそうてき》なオリジナルレシピを開発《かいはつ》。

それがひとことで言《い》って、まずい。

「これは……みそ汁《しる》に生《なま》クリーム……!?」

「う！　レアチーズケーキにブルーベリージャムだと思《おも》ったら……豆腐《とうふ》にジャムがのってますわ……!!」

ふつうのみそ汁《しる》が飲《の》みたい。豆腐《とうふ》にはしょうゆがいい。メインの鶏《とり》の照《て》り焼《や》きも黒焦《くろこ》げだ。

みな心《こころ》の中《なか》で思《おも》っていたが、本人《ほんにん》は一生懸命《いっしょうけんめい》なため、とても「まずいです。」と言《い》えないでいた。

「どうかしら……？　おいしい？」

麗《うらら》が心配《しんぱい》そうに顔《かお》をのぞきこんでくる。

聞《き》かれた宮本《みやもと》と伊藤《いとう》が、「う、うん！」「やっぱセンスがちがうね、宝生《ほうしょう》は！」と引《ひ》きつった笑顔《えがお》で答《こた》える。いつもは気《き》の強《つよ》い女王様《じょおうさま》なのに、自信《じしん》なさげに聞《き》いてくるので、かえって本当《ほんとう》のことは言《い》えないのだ。

「ホント？　よかった〜♡」

ホッとしたように笑《わら》うのがかわいらしい。

そんな麗《うらら》を見《み》て、親友《しんゆう》のみめるも決死《けっし》の覚悟《かくご》で甘《あま》い豆腐《とうふ》を口《くち》に入《い》れ、それを見《み》てみんなも無言《むごん》でみそ汁《しる》を口《くち》に運《はこ》ぶ。

それからいっせいに、クラスで唯一《ゆいいつ》、麗《うらら》に真《ま》っ向《こう》から意見《いけん》できる蛇野《へびの》を見《み》る。

（たのむ蛇野《へびの》……！）

（言《い》ってくれ！　正直《しょうじき》な感想《かんそう》を！）

だが、たのみの綱《つな》の蛇野《へびの》はとんでもない味音痴《あじおんち》だった。

「意外《いがい》にイケるわね。やるじゃない。」

みそ汁《しる》を飲《の》んでニヤリと笑《わら》う。

（いや、気《き》は合《あ》わないのになんで味覚《みかく》だけ合《あ》うンだよ!?）と全員《ぜんいん》がずっこける。

なにもない監禁生活《かんきんせいかつ》で、三度《さんど》の食事《しょくじ》は唯一《ゆいいつ》の楽《たの》しみだ。

これ以上《いじょう》まずい飯《めし》は耐《た》えられないと、緊急《きんきゅう》の会議《かいぎ》が開《ひら》かれ、婚約者《こんやくしゃ》（？）の蓮《れん》が代表《だいひょう》して、麗《うらら》に意見《いけん》することになった。

「おれが……言《い》うのか……。」

蓮《れん》の眉間《みけん》のしわが限界《げんかい》まで深《ふか》くなる。

「宝生《ほうしょう》、怒《おこ》ったらめちゃくちゃこえーもん！」

「おれはいやだぜ！　ここは漣《さざなみ》ががんばれ。」

佐藤《さとう》と両国《りょうごく》はむりむりむり！　とばかりに手《て》をひらひらさせる。

「月《つき》も麗《うらら》ちゃんの料理《りょうり》がまずいなんて言《い》えない……でももうやだ〜、ふつうのおみそ汁《しる》が飲《の》みたい〜。」

「わたしも……あんなにがんばってる麗《うらら》に……まずいだなんて言《い》えない……。」

月《つき》とみめるは半泣《はんな》きだ。

「リーダーとして命令《めいれい》するよ。蓮《れん》、麗《うらら》を止《と》めてくれ。」

天地《てんち》にいたっては職権乱用《しょっけんらんよう》である。

しかたなく、蓮《れん》が遠回《とおまわ》しに、料理当番《りょうりとうばん》からはずれるようにお願《ねが》いすることになった。

「……宝生《ほうしょう》。」

「なあに？」

「あー……料理《りょうり》、がんばってくれてありがとう。」

「珍《めずら》しいわね、漣《さざなみ》くんがそんなこと言《い》うなんて。」

「それで……宝生《ほうしょう》にばかり負担《ふたん》かけるのも申《もう》し訳《わけ》ないから、夕飯《ゆうはん》はおれたち男子《だんし》で作《つく》ろうと思《おも》うんだが……。」

「平気《へいき》よ。だいたい漣《さざなみ》くん、料理《りょうり》なんてできないでしょう？」

生クリーム
ぴえ

おまえよりはできるかもしれない、という言葉《ことば》をすんでのところでのみこんだ。

「いやしかし……こういうのは持《も》ち回《まわ》りでやったほうが……。」

「いいのいいの♪　わたしに任《まか》せて♪」

あっさり説得《せっとく》に失敗《しっぱい》した。

結局《けっきょく》、優々《ゆゆ》と両国《りょうごく》がさりげなくサポートに回《まわ》り、少《すこ》しずつ麗《うらら》の料理《りょうり》の腕《うで》を上《あ》げていくことになった。

麗《うらら》の料理問題《りょうりもんだい》もありつつ、協力《きょうりょく》して家事《かじ》をこなし、表面上《ひょうめんじょう》は静《しず》かに日々《ひび》が過《す》ぎていった。

だが裏《うら》では天地《てんち》を中心《ちゅうしん》に、新月《しんげつ》の脱出《だっしゅつ》に向《む》けて、さまざまな武器《ぶき》や道具《どうぐ》が作《つく》られていた。

まず作《つく》ったのは、「対《たい》ヒューマノイド卵爆弾《たまごばくだん》」だ。

作《つく》り方《かた》は簡単《かんたん》。アイスピックで卵《たまご》に穴《あな》を開《あ》け、中身《なかみ》を出《だ》す。

空《から》になったら少《すこ》し乾《かわ》かして、中《なか》に粘性《ねんせい》の強《つよ》いハチミツやマヨネーズ、ケチャップなどをたっぷりと入《い》れ、セロハンテープで留《と》める。

うまく顔《かお》にぶつければ、卵《たまご》が割《わ》れて中身《なかみ》が飛《と》び出《だ》し、ヒューマノイドの目《め》、監視《かんし》カメラの視界《しかい》を一時的《いちじてき》にだがうばうことができる。

暗《くら》い山道《やまみち》を歩《ある》くため、松明《たいまつ》やランプも作《つく》った。

松明《たいまつ》は、適当《てきとう》な棒《ぼう》きれに、燃《も》えないようにアルミホイルを巻《ま》く。その先《さき》に食用油《しょくようあぶら》をしみこませたタオルを巻《ま》けば完成《かんせい》。

ランプは、ジャムの空《あ》き瓶《びん》に食用油《しょくようあぶら》を入《い》れ、ティッシュで作《つく》った灯心《とうしん》をアルミホイルで固定《こてい》する。ランプの作《つく》り方《かた》を教《おし》えてくれたのは、優々《ゆゆ》だ。

「なつかしいわ……電気《でんき》を止《と》められたときは、夜《よる》、このランプですごしてたのよ。」

極貧生活《ごくひんせいかつ》をしていただけあって、生活《せいかつ》の知恵《ちえ》がすごい。

当日《とうじつ》の計画《けいかく》だが、真夜中《まよなか》にたどりついたという夜野《よるの》たちの証言《しょうげん》をもとに、出発《しゅっぱつ》は夜《よる》11時《じ》。脱出時《だっしゅつじ》は、4～5人《にん》での班行動《はんこうどう》にする。

列《れつ》の先頭《せんとう》はセカイ。セカイは初《はじ》めての場所《ばしょ》でも正《ただ》しい道《みち》が直感《ちょっかん》でわかり、一度《いちど》も迷子《まいご》になったことがない。

しんがりは、天地《てんち》がつとめる。しんがりとは、自軍《じぐん》が退却《たいきゃく》するときに最後尾《さいこうび》をつとめる部隊《ぶたい》のことだ。リーダーとして全員《ぜんいん》の脱出《だっしゅつ》を見届《みとど》けるため、自《みずか》ら買《か》って出《で》た。

着々《ちゃくちゃく》と準備《じゅんび》が進《すす》んでいく。

そして待《ま》ち望《のぞ》んでいた決行《けっこう》の日《ひ》が、いよいよ明日《あした》へと迫《せま》った。

決行前日《けっこうぜんじつ》の夜《よる》。

夜野《よるの》はひとり、屋上《おくじょう》で夜空《よぞら》を見上《みあ》げていた。

「今日《きょう》も来《こ》ないのかな……。」

昨日《きのう》もおとといも、その前《まえ》の日《ひ》も、ソララは来《こ》なかった。

——明日《あした》は新月《しんげつ》。

タウンが陸地《りくち》とつながる日《ひ》。

夜野《よるの》にとっては、ソララとの約束《やくそく》の日《ひ》でもある。

一緒《いっしょ》にスターリンク衛星《えいせい》を見《み》ようと言《い》ってくれたソララ。

もし、ソララがここに来《き》てくれるなら。

どうするかは、もう心《こころ》の中《なか》で決《き》めている。

「……明日《あした》は会《あ》えるよね。」

星空《ほしぞら》に向《む》かってひとり、つぶやいた。

暗《くら》い夜《よる》

決行当日《けっこうとうじつ》。

「杏奈《あんな》～、髪《かみ》の毛《け》アップにして～。」

「任《まか》せて！　おしゃれなローポニーテールにしてあげる！」

蛇野《へびの》はほとんどカリスマ美容師《びようし》で、「いいなー！　わたしも！」「次《つぎ》はわたしもお願《ねが》い！」と次々《つぎつぎ》呼《よ》ばれて大忙《おおいそが》し。

ルイの部屋《へや》には、ゲーマーたちが集結《しゅうけつ》していた。

「ルイ、ここ出《で》たら、オンラインで対戦《たいせん》しよーぜー。」

「ん。」

「後《あと》でアカウント交換《こうかん》してくれよ！」

「ん。」

みんな、これからもルイと遊《あそ》ぶ気満々《きまんまん》だ。

麗《うらら》の手料理《てりょうり》も最後《さいご》だ。

「もう食《く》えねーと思《おも》うとさびしーな！」

「そうか……？」

両国《りょうごく》は生《なま》クリーム入《い》りみそ汁《しる》を飲《の》みながらガハハと笑《わら》うが、蓮《れん》は早《はや》くシンプルな和食《わしょく》が食《た》べたい。

一日《いちにち》が、ゆっくりと過《す》ぎていく。

次第《しだい》に日《ひ》がかたむき、空《そら》が赤《あか》く染《そ》まる。

夜《よる》になり、星《ほし》が出《で》る。

（暑《あつ》いな……。）

部屋《へや》で仮眠《かみん》を取《と》っていた天地《てんち》は、蒸《む》し暑《あつ》さに目《め》を覚《さ》ました。

「あれ？」

リモコンを押《お》しても、電気《でんき》がつかない。

妙《みょう》に暑《あつ》いと思《おも》ったら、室温《しつおん》を一定《いってい》に保《たも》っていた空調《くうちょう》も止《と》まっている。

（停電《ていでん》か？）

異常事態《いじょうじたい》に部屋《へや》を飛《と》び出《だ》すと、となりからちょうど蓮《れん》も顔《かお》を出《だ》したところだった。

廊下《ろうか》は非常用照明《ひじょうようしょうめい》だけで薄暗《うすぐら》い。

「電気《でんき》消えたんだけどー。」

「あっつ！　なんでエアコン止《と》まったんだ!?」

天地《てんち》と蓮《れん》がレストランへいくと、すでにぞろぞろとみんなも集《あつ》まってきていた。

建物《たてもの》すべての空調《くうちょう》が止《と》まり、灯《あか》りも非常用照明《ひじょうようしょうめい》だけ。

「ブレーカーが落《お》ちたのか？」

蓮《れん》が聞《き》くと、天地《てんち》が首《くび》を横《よこ》にふる。

「いや、ホテルの電力《でんりょく》はすべてAI《エーアイ》でコントロールされている。たぶん、ピースが故意《こい》に電力《でんりょく》の供給《きょうきゅう》を止《と》めたんだ。」

蓮《れん》の顔《かお》がくもる。

「もしかして、脱出計画《だっしゅつけいかく》が気《き》づかれたのか……？」

天地《てんち》がその言葉《ことば》を聞《き》いて、ハッとなる。

（まさか……？）

計画《けいかく》がもれる可能性《かのうせい》があるとしたら、ひとつだけだ。

（夜野《よるの》さんか……！）

血《ち》の気《け》が引《ひ》いていくのを感《かん》じる。彼《かれ》が、ソラに脱出計画《だっしゅつけいかく》を話《はな》したのかもしれない。

バッと周囲《しゅうい》を見回《みまわ》すと、南波《みなみなみ》と流蘭《るら》、ルイはいたが、夜野《よるの》の姿《すがた》は見《み》えない。

ズカズカと、天地《てんち》が南波《みなみなみ》のそばに歩《ある》いていく。

「南波《みなみなみ》さん！　夜野《よるの》さんは？」

南波《みなみなみ》が、天地《てんち》の剣幕《けんまく》にギョッとする。

「は？　まだ部屋《へや》にいるんじゃねーの？　集合時間《しゅうごうじかん》には早《は》えーだろ？」

天地《てんち》を追《お》ってきた蓮《れん》が「おい、どうした？」と声《こえ》をかける。

「まずいことになった……夜野《よるの》さんが、計画《けいかく》をソラさんにもらしたかもしれない。だとしたら、こっちの計画《けいかく》はすべて筒《つつ》ぬけということになる。」

「……マジか。」

ふたりの会話《かいわ》を聞《き》いた南波《みなみなみ》が「おいっ、勝手《かって》なことを言《い》うな！」と声《こえ》を荒《あら》らげた。

「ヨルがなんだって？　テキトーなこと言《い》ったら許《ゆる》さねえぞ。」

南波《みなみ》がメンチを切《き》ると、ルイが「ケンカダメ。」とその腕《うで》を引《ひ》っ張《ぱ》る。

「でも七海《なみ》ちゃん……ヨルだけ来《き》てないの変《へん》だし……もしかしたら、部屋《へや》で熱中症《ねっちゅうしょう》でたおれてるのかも……。」

流蘭《るら》が心配《しんぱい》する。

熱中症《ねっちゅうしょう》と聞《き》いて、すぐにルイが「ヨル呼《よ》ぶ！」と夜野《よるの》の部屋《へや》へと迎《むか》えに走《はし》った。

「もし脱出計画《だっしゅつけいかく》がバレていたとしたら……。」

天地《てんち》は限界《げんかい》まで眉根《まゆね》をよせている。

「おそらく、タウン中《じゅう》のヒューマノイドが集結《しゅうけつ》するはずだ。まずいな……蓮《れん》に死《し》ぬ気《き》で戦《たたか》ってもらうしか、もう方法《ほうほう》が……。」

「いやちょっと待《ま》て。落《お》ち着《つ》け天地《てんち》。」

なぜ自分《じぶん》が人間兵器《にんげんへいき》みたいなあつかいになっているのか。

それに、バレたと決《き》めつけるのは早《はや》すぎる。

夜野《よるの》がソララに脱出計画《だっしゅつけいかく》をもらすというのは、蓮《れん》にはピンと来《こ》ない。

親《した》しいわけではないが、夜野《よるの》はたいせつな相手《あいて》が困《こま》るようなことはしない気《き》がする。

もし脱出計画《だっしゅつけいかく》の話《はなし》をすれば、南波《みなみなみ》たちを危険《きけん》にさらすことになる。さらにはソララが、夜野《よるの》とピースのあいだで板《いた》ばさみになって、難《むずか》しい立場《たちば》になってしまうからだ。

(じゃあいったいなぜ……。)

考《かんが》えて顔《かお》を上《あ》げると、優々《ゆゆ》たちが「さっそく役《やく》に立《た》ったわね。」とテーブルにお手製《てせい》ランプを置《お》いていた。

暗《くら》かった室内《しつない》が、少《すこ》しだけ明《あか》るくなる。

ふと違和感《いわかん》を覚《おぼ》え、蓮《れん》が窓《まど》へと1歩《ぽ》、ふみ出《だ》した。

「蓮《れん》？　どうした？」

天地《てんち》が呼《よ》び止《と》めるが、蓮《れん》はそれを無視《むし》して、窓《まど》をふさぐように立《た》っているメイドに突進《とっしん》していった。

「さ、漣《さざなみ》くん!?」

「おい漣《さざなみ》!!　まだ時間《じかん》じゃねーぞ！　攻撃《こうげき》は早《はえ》えぞ！」

みめると両国《りょうごく》が止《と》めるのも聞《き》かず、ズンズンとメイドに近《ちか》づいていく。

ヤバい投《な》げられる……！　見《み》ていた者全員《ものぜんいん》が身構《みがま》えた。

だが予想《よそう》に反《はん》して、メイドはウンともスンとも言《い》わずに、だまって立《た》っている。

蓮《れん》はメイドの顔《かお》をのぞきこみ、さらにはその肩《かた》を軽《かる》くポンポンとたたいた。

みんなが息《いき》をのんで見守《みまも》る中《なか》、蓮《れん》がふり向《む》いた。

「……寝《ね》ている。」

メイドは、ほほえみを浮《う》かべながら、まぶたを完全《かんぜん》に閉《と》じていた。

システムダウン

エントランスのメイドも、外《そと》にいる監視《かんし》ヒューマノイドたちも、目《め》をつぶってまるで眠《ねむ》っているよう。

「……活動《かつどう》を完全《かんぜん》に停止《ていし》している。停電《ていでん》じゃなく、おそらく想定外《そうていがい》の事故《じこ》が起《お》きて、システムがダウンしたんだ。」

蓮《れん》が言《い》うと、天地《てんち》が即座《そくざ》に「すぐに出発《しゅっぱつ》しよう。」と判断《はんだん》した。

信《しん》じられない幸運《こううん》だった。ヒューマノイドと戦《たたか》うことなく、脱出《だっしゅつ》できる。

「計画変更《けいかくへんこう》！　今《いま》から全員《ぜんいん》で脱出《だっしゅつ》する！　荷物《にもつ》を持《も》って、中庭《なかにわ》に集合《しゅうごう》して！」

「わかった！」

「荷物《にもつ》を取《と》ってくるわ！」

天地《てんち》が呼《よ》びかけ、みなが部屋《へや》へと戻《もど》ろうと動《うご》きだす。

だがレストランの出入《でい》り口《ぐち》で、その足《あし》が止《と》まった。

「うわっ！」

「だ、だれ……？」

闇《やみ》の中《なか》から浮《う》かび上《あ》がるように、ひとりの少年《しょうねん》が現《あらわ》れた。

青白《あおじろ》い肌《はだ》に、大《おお》きな瞳《ひとみ》。

「あの子《こ》……!!」

「幽霊《ゆうれい》の……！」

それは華原姉妹《かはらしまい》が見《み》た、あの妖《あや》しい幽霊《ゆうれい》そのものだった。

「「きゃあああ！」」

華原姉妹《かはらしまい》が悲鳴《ひめい》を上《あ》げてうずくまる。

「落《お》ち着《つ》いて！　あの子《こ》は……幽霊《ゆうれい》じゃない。」

あわてて天地《てんち》が華原姉妹《かはらしまい》に声《こえ》をかける。

「……ルイさんだ。」

黒《くろ》いマントに小柄《こがら》な体《からだ》。立《た》っていたのは、たしかにルイだった。

あの日《ひ》、華原姉妹《かはらしまい》が見《み》た幽霊《ゆうれい》の正体《しょうたい》は「声《こえ》を出《だ》す練習《れんしゅう》」をしていたルイ。

いつかみんなの前《まえ》でも話《はな》せるようになりたい。そう考《かんが》えたルイは、だれもいない2階《かい》でこっそり、MERU《める》の曲《きょく》を歌《うた》って、声《こえ》を出《だ》すことに慣《な》れようとしていた。ルイなりに努力《どりょく》を重《かさ》ねていたのである。

「どうしたんだよ、ルイ!?」

南波《みなみなみ》が駆《か》けよる。

「どうしよう七海《なみ》……ヨルが……！」

パニクっているのか、ルイは仮面《かめん》が取《と》れているのにも気《き》づいていない。

「これ……。」

ルイの手《て》には、メモが1枚《まい》。

そのメモを南波《みなみなみ》が受《う》け取《と》る。

……七海《なみ》、流蘭《るら》、ルイ。ごめんなさい。ぼくはタウンに残《のこ》ります。みんなの幸《しあわ》せを祈《いの》っています。……

「部屋《へや》にこのメモがあって、どこにもいないんだよっ。どうしよう、どうしよう！　ヨルがいないなんてダメだよ。絶対《ぜったい》ダメだよ！」

ルイが必死《ひっし》に訴《うった》える。

メモを見《み》て、天地《てんち》も青《あお》ざめる。

(ぼくは……人《ひと》の心《こころ》がわかってない……。)

こぶしで自分《じぶん》のおでこをたたくと、ぐっとくちびるをかみしめた。

天地《てんち》は目的《もくてき》のためなら、他人《たにん》を切《き》り捨《す》てることにもちゅうちょしない。

だが心《こころ》やさしい夜野《よるの》はちがう。

友《とも》だちを危険《きけん》にさらすことも、好《す》きな人《ひと》を見捨《みす》てることも、できなかった。

だから、ソララを連《つ》れ出《だ》すのではなく……夜野《よるの》のほうが、ここに残《のこ》ることにしたのだ。

「たぶん、夜野《よるの》さんは屋上《おくじょう》だ。……迎《むか》えにいってくる。みんなは先《さき》に出発《しゅっぱつ》して。」

天地《てんち》が言《い》うと、南波《みなみなみ》が怒鳴《どな》った。

「あたしらもいくよ！」

「いや。ぼくだけでいい。」

「ざけんな、あたしらの仲間《なかま》なんだ！　あたしらで連《つ》れ戻《もど》す！」

食《く》い下《さ》がる南波《みなみなみ》に、天地《てんち》が厳《きび》しい顔《かお》で返《かえ》す。

「ぼくは、夜野《よるの》さんを連《つ》れ戻《もど》しにいくんじゃない。」

「はあ⁉」

「……ソララさんを説得《せっとく》しにいくんだ。」

夜野《よるの》は絶対《ぜったい》にソララを見捨《みす》てない。

ならば、ソララも連《つ》れていく。それしかない。

「蓮《れん》、あとの指揮《しき》をたのむ！」

「あ、おい！」

南波《みなみなみ》をふり切《き》り、天地《てんち》は駆《か》けだした。


階段《かいだん》を駆《か》け上《あ》がり、屋上《おくじょう》に出《で》ると、予想《よそう》どおり夜野《よるの》とソララがいた。

足元《あしもと》にランプを置《お》いて、屋上《おくじょう》の柵《さく》にもたれるように、並《なら》んで夜空《よぞら》を見上《みあ》げている。

「システムダウン？　だから電気《でんき》がつかなくなったの？」

「そうです。スマイルくんがメインシステム以外《いがい》の機能《きのう》をすべて停止《ていし》させてしまった。過《か》剰《じょう》な負荷《ふか》が原因《げんいん》と思《おも》われる。」

「大変《たいへん》なんだね。今日《きょう》は会《あ》えてよかったよ。」

「ずっとスマイルくんのメンテナンスでいそがしかったが、もはやわたしの手《て》には負《お》えない。それはそれとして今日《きょう》は約束《やくそく》の日《ひ》である。だからここに来《き》た。」

そんな話《はな》し声《ごえ》が聞《き》こえる。

「夜野《よるの》さん！　ソララさん！」

天地《てんち》が声《こえ》をかけるとふたりがふり返《かえ》ったが、暗《くら》くて表情《ひょうじょう》まではわからない。

「ソララさん。今《いま》からぼくたちは、タウンを出《で》る。」

暗闇《くらやみ》の中《なか》で、ソララのメガネがきらりと光《ひか》った。

「タウンが新月《しんげつ》の夜《よる》に、陸《りく》に接岸《せつがん》することは知《し》っている。山《やま》から陸地《りくち》へ出《で》られることも。今《いま》から、全員《ぜんいん》で出発《しゅっぱつ》するよ。」

「……ふむ。そうですか……。」

いつもは抑揚《よくよう》のない一本調子《いっぽんぢょうし》の話《はな》し方《かた》だが、少《すこ》しだけ声《こえ》がふるえている。

その様子《ようす》に、夜野《よるの》が脱出計画《だっしゅつけいかく》をソララにはもらしていなかったことがわかった。

「……では、夜野《よるの》ともこれで最後《さいご》です。さようなら。」

ぺこりと頭《あたま》を下《さ》げるソララ。

「ちょっと待《ま》って！　ぼくはここに残《のこ》……。」

「一緒《いっしょ》にいこう、ソララさん。」

夜野《よるの》が驚《おどろ》いて言葉《ことば》をのみこむ。

「むりです。」

返答《へんとう》が早《はや》い。が、天地《てんち》もめげない。

「むりでも来《き》てほしい。じゃないと、夜野《よるの》さんは友《とも》だちと別《わか》れてきみを選《えら》ぶしかなくなる。」

「……ふむ。でもむりです。夜野《よるの》はいくべきである。わたしはここに残《のこ》る。」

「どうして⁉　一緒《いっしょ》にここを出《で》ようよ。ぼくは、きみがトモダチゲームをやりたいようにはとても思《おも》えない。きみはアイテムなんかじゃない。自分《じぶん》の意思《いし》で行動《こうどう》すべきだよ。」

ふだんはおだやかすぎるほどおだやかな夜野《よるの》が、熱《あつ》くなる。

「むりです。」

だがソララも手強《てごわ》い。

「ソララさん。きみは自由《じゆう》になる権利《けんり》がある。ピースの支配下《しはいか》から逃《のが》れよう。」

天地《てんち》も説得《せっとく》するが、ソララの表情《ひょうじょう》は変《か》わらず、やはり「むりです。」の一点張《いってんば》り。

「なんで……なんでこんなところに残《のこ》るなんて言《い》うんだよっ！　きみのことがわからないよ！　一緒《いっしょ》に来《き》てよ！」

生《う》まれて初《はじ》めて、夜野《よるの》は怒鳴《どな》った。自分《じぶん》の声《こえ》にびっくりして、夜野《よるの》が口《くち》をおさえる。

「ふむ。ピースがひとりになってしまうからです。」

「……え？」

ランプの灯《あか》りが風《かぜ》でゆれ、ソララの顔《かお》の影《かげ》もゆれる。

「……ごめん、もっとくわしく。」

天地《てんち》が促《うなが》した。

「説明《せつめい》が足《た》りませんでしたか？　ピースをタウンにひとり残《のこ》していくのが心配《しんぱい》です。だからむりです。」

天地《てんち》と夜野《よるの》が顔《かお》を見合《みあ》わせる。

ソララはピースの命令《めいれい》に逆《さか》らえなくて、だからタウンから出《で》られない……そう思《おも》っていたのに。

「もしかしてソララさん……ピースが心配《しんぱい》だから、ここに残《のこ》るの……？」

夜野《よるの》の問《と》いに、「そうだが？」とソララが答《こた》える。

ふたりがあっけに取《と》られる。

一本調子《いっぽんぢょうし》の話《はな》し方《かた》も、無表情《むひょうじょう》も、説明《せつめい》が足《た》りないところも、変《か》わらない。

でも、心《こころ》の中《なか》は大《おお》きく変《か》わっていた。ソララは自分《じぶん》の感情《かんじょう》を知《し》って、相手《あいて》のことを想像《そうぞう》し、ピースのことを思《おも》いやっている。

「……やっぱり、ぼくにはまだまだ人《ひと》の心《こころ》はわからないな……。」

天地《てんち》がさっきより強《つよ》く、自分《じぶん》のおでこをゴツンとたたく。

「確認《かくにん》だけど。夜野《よるの》さんは、ソララさんと一緒《いっしょ》がいいんだよね？」

「……はい。」

「ソララさんは、ピースをひとりにしたくないんだね？」

「そうです。」

天地《てんち》がため息《いき》をついて、疲《つか》れたようにひざに手《て》を置《お》く。

次《つぎ》の言葉《ことば》を口《くち》にするのは、かなりの勇気《ゆうき》がいった。

できれば言《い》いたくない。でも、言《い》わなければ。

自分《じぶん》は全員《ぜんいん》を助《たす》けると誓《ちか》ったのだから。

「わかったよ……じゃあ、ピースも連《つ》れていこう。」

「え？」「ふむ？」

今度《こんど》は夜野《よるの》とソララが顔《かお》を見合《みあ》わせた。

「……ピースも一緒《いっしょ》に、タウンから出《で》るように説得《せっとく》する。それならいいね？」

夜野《よるの》とソララを連《つ》れていくためには、それしかない。

「でも……ピースを説得《せっとく》するなんて、むりじゃないですか？」

「ふむ。わたしもそう思《おも》う。」

天地《てんち》は「だろうね。」と肩《かた》をすくめる。

説得《せっとく》もなにも、そもそもピースは人《ひと》の話《はなし》をまるで聞《き》かない。

脱出計画《だっしゅつけいかく》より難易度《なんいど》が高《たか》いミッションだ。

「でもやるしかないだろ……力《ちから》ずくでも連《つ》れていくよ。」

そのころ、ほかの者《もの》たちは次々《つぎつぎ》と中庭《なかにわ》へと集《あつ》まっていた。

中庭《なかにわ》にはヒューマノイドが数十体《すうじったい》。

だがすべて目《め》を閉《と》じていて、なんの反応《はんのう》もない。

そして久《ひさ》しぶりの外《そと》。久《ひさ》しぶりの風《かぜ》。

「うおーっ！　気持《きも》ちよすぎるー！」

「空気《くうき》がおいしい……っ！」

「やっと帰《かえ》れる！」

ワイワイしている中《なか》で、蓮《れん》が声《こえ》を張《は》り上《あ》げる。

「班《はん》ごとに集《あつ》まれ！　はぐれないように気《き》をつけろ！」

松明《たいまつ》に火《ひ》をつけ、いざ出発《しゅっぱつ》しようとしたとき。

ブルルル……。

ふと、蓮《れん》の耳《みみ》が、かすかなエンジン音《おん》をとらえた。

（車《くるま》!?　……まずい！）

町《まち》のほうから聞《き》こえてきて、次第《しだい》に大《おお》きくなってくる。

ブオオン！

エンジン音《おん》が一気《いっき》に大《おお》きくなり、ビカッとまばゆいライトが中庭《なかにわ》を照《て》らす。

「バイク……!?」

バキバキと背《せ》の低《ひく》い植《う》えこみをなぎたおしながら、1台《だい》のバイクが勢《いきお》いよく飛《と》びこんできた。

「うわあああ！」

「きゃあーっ！」

耳《みみ》をつんざくような爆音《ばくおん》とともに、ズサーッと横滑《よこすべ》りしながらバイクが止《と》まる。

大《おお》きなバイクに乗《の》っていたのは、小柄《こがら》な女《おんな》の子《こ》。

バイクを降《お》りると腰《こし》に手《て》を当《あ》てて、仁王立《におうだ》ちで叫《さけ》んだ。

「なにしてんのー！　先生《せんせい》、ホテルから出《で》ちゃダメって言《い》ったでしょー！」

おしおき！

バイクで派手《はで》に登場《とうじょう》したのは、ピースだった。

「てめえ……。」

蓮《れん》が松明《たいまつ》を向《む》けて威嚇《いかく》する。

「なによぅ、蓮《れん》くん、やる気《き》？」

ピースが鼻息荒《はないきあら》く、ファイティングポーズを取《と》る。

だが、近《ちか》くで見《み》るピースは小《ちい》さくてかわいくて、まるで小学生《しょうがくせい》に見《み》える。

「ぷっ。ホントちびだな。怖《こわ》くねえっての。」

「なんか警戒《けいかい》して損《そん》したなー。」

佐藤《さとう》と高木《たかぎ》が半笑《はんわら》いでボソボソ。

「むっ。今《いま》ピースのこと、ちびって言《い》ったでしょ！」

そう叫《さけ》ぶと、ぴょんっとジャンプして、ひとつ飛《と》びで佐藤《さとう》の目《め》の前《まえ》に着地《ちゃくち》した。

「え⁉」

「おしおき！」

佐藤《さとう》の顔《かお》めがけて、ピースが蹴《け》りをくり出《だ》した。

「危《あぶ》ない！」

すんでのところで蓮《れん》が佐藤《さとう》の体《からだ》を引《ひ》き、するどいキックが鼻《はな》っ面《つら》をかすめる。

だが、よけたと思《おも》った次《つぎ》の瞬間《しゅんかん》。

ガツッ！

「うぐぁ！」

佐藤《さとう》が、地面《じめん》にうつぶせにぶったおれた。

空振《からぶ》りの勢《いきお》いでそのまま1回転《かいてん》し、勢《いきお》いを乗《の》せたピースの左足《ひだりあし》が、佐藤《さとう》のこめかみにヒットしたのである。

「つ、強《つえ》え……。」

高木《たかぎ》がビビる。

そう。ピースは強《つよ》い。

だが、どんなに強《つよ》くても、相手《あいて》はたったひとりだ。

「ざっけんなこの野郎《やろう》！」

バシャ！

「あっ。」

ピースの胸元《むなもと》が、赤《あか》く染《そ》まった。

だれかが、ケチャップ入《い》りの卵爆弾《たまごばくだん》を投《な》げつけたのだ。

「やっちまえ！」

「相手《あいて》はひとりなんだ、怖《こわ》くねえぞ！」

いっせいに卵爆弾《たまごばくだん》を投《な》げつけ、バシャバシャと卵《たまご》が割《わ》れる音《おと》がする。

だがすべての卵《たまご》を投《な》げつけた後《あと》。

「ありゃ？　どこいった？」

「消《き》えた⁉」

松明《たいまつ》で照《て》らしても、ケチャップとマヨネーズと卵《たまご》の殻《から》が散乱《さんらん》しているだけで、ピースの姿《すがた》はどこにも見《み》えない。

きつねにつままれたようにポカンとしていると。

ゴン！　鈍《にぶ》い打撃音《だげきおん》とともに、突然《とつぜん》、石川《いしかわ》がバタンとたおれた。

「ええ⁉」

いつの間《ま》にか、ピースがうしろに立《た》っていた。

こぶしをフーフーしているところを見《み》ると、ゲンコツで石川《いしかわ》を殴《なぐ》ったらしい。

「きゃあああ！」

「バケモンだー！」

「逃《に》げろー！」

悲鳴《ひめい》を上《あ》げて逃《に》げ出《だ》す集団《しゅうだん》に向《む》かって、ピースがスーッと大《おお》きく息《いき》を吸《す》う。

それから大声《おおごえ》で叫《さけ》んだ。

「全員《ぜんいん》、おしおきー！」

「……最悪《さいあく》だ……。」

天地《てんち》、夜野《よるの》、ソララが屋上《おくじょう》から戻《もど》ってくると、中庭《なかにわ》は目《め》を覆《おお》うようなありさまだった。

なぜかピースがいて、暴《あば》れまくっている。

何人《なんにん》もぶったおれていて、蓮《れん》が必死《ひっし》に松明《たいまつ》でピースを追《お》いはらおうとしている。まるで猛獣《もうじゅう》と戦《たたか》っているみたいだ。

「あーっ！　ソララ！」

蓮《れん》とにらみ合《あ》っていたピースが、ソララを見《み》てブンブン腕《うで》をふり回《まわ》した。

「捜《さが》したんだよ！　早《はや》くスマイルくん、なおしてよ！」

「むりです。スマイルくんはもうわたしたちの指示《しじ》を受《う》けつけない。」

「え〜！」

ピースのほっぺがリスみたいにふくらむ。

ピースたちにとっても、このシステムダウンは想定外《そうていがい》の出来事《できごと》。

スマイルくんはふたりに知《し》らせず選挙《せんきょ》に出馬《しゅつば》したのだが、選挙運動《せんきょうんどう》には多《おお》くのリソースをさかねばならなかった。というのも、ネットで若者《わかもの》に圧倒的《あっとうてき》な人気《にんき》を誇《ほこ》るV《ブイ》チューバー「うきうき」がスマイルくん批判《ひはん》をくり広《ひろ》げたため。

最初《さいしょ》はスマイルくんの登場《とうじょう》に盛《も》り上《あ》がっていた若者《わかもの》も、「うきうき」が熱心《ねっしん》に「まじめに政治《せいじ》のことを考《かんが》えよう」と訴《うった》えたことで、次第《しだい》にブームが下火《したび》に。

それに対抗《たいこう》するため、スマイルくんは動画投稿《どうがとうこう》や討論会《とうろんかい》を重《かさ》ね、特《とく》に投票日前日《とうひょうびぜんじつ》の今日《きょう》は、可能《かのう》な限《かぎ》りの街頭演説《がいとうえんぜつ》を展開《てんかい》。

そのためタウンの機能《きのう》をオフにせざるをえなかったのだ。

ピースにしてみれば、スマイルくんがまったく言《い》うことを聞《き》いてくれなくなった挙《あ》げ句《く》、ソララまでいなくなったので、かなり頭《あたま》に来《き》ている。

「んも〜〜〜！　せっかく先生《せんせい》になったのに、だれも言《い》うこと聞《き》かないんだもん！　つまんない！」

かんしゃくを起《お》こすと、いきなり蓮《れん》の松明《たいまつ》をバシッと蹴《け》り上《あ》げた。

あっと思《おも》う間《ま》もなく、松明《たいまつ》が宙《ちゅう》をくるくると飛《と》んでいく。

……その落下地点《らっかちてん》に、ソララがいた。

「危《あぶ》ない！　ソララさん！」

「ふむ？」

見上《みあ》げたソララのメガネが、松明《たいまつ》の炎《ほのお》で赤《あか》くなる。

夜野《よるの》がかばうように、ソラらにおおいかぶさる。

「ばっかやろー！」

ドガッ！

いきなりだれかが上《うえ》から降《ふ》ってきて、松明《たいまつ》を蹴《け》り飛《と》ばした。

松明《たいまつ》は夜野《よるの》たちにぶつかる寸前《すんぜん》、火《ひ》の粉《こ》を散《ち》らして地《じ》べたに転《ころ》がる。

「いい加減《かげん》にしろ、ピース！」

「……永遠《とわ》ちゃん？」

怒鳴《どな》られたピースが、目《め》を丸《まる》くする。

「……どっから降《ふ》ってきたんだ？」

蓮《れん》も目《め》を見張《みは》る。

「永遠《とわ》。お久《ひさ》しぶりです。」

ソラらが、ズレたメガネをなおしながらうれしそうにほほえんだ。

タウン突入《とつにゅう》！


「いい加減《かげん》にしろ、ピース！」

ぼくが怒鳴《どな》ると、蓮《れん》が「どっから降《ふ》ってきたんだ？」と聞《き》いてきた。

「ドローンだよ。マナとエリナに用意《ようい》してもらったんだ。」

暗《くら》い夜空《よぞら》を指《ゆび》でさす。

ミヤビ姉妹《しまい》が持《も》っていた、荷物《にもつ》を運《はこ》んだりする産業用《さんぎょうよう》ドローン。

ドローンは大型《おおがた》で、プロペラで飛《と》ぶ黒《くろ》いクモみたいな形《かたち》。それをハンググライダーのように改造《かいぞう》して、人間《にんげん》がぶら下《さ》がれるようにした。真《ま》っ暗闇《くらやみ》でも見《み》える赤外線《せきがいせん》カメラを搭載《とうさい》していて、コントローラーの操作《そうさ》はサキさん。

炎《ほのお》のようなちらちらした灯《あか》りを目指《めざ》して降《お》りてきたら、ちょうどピースが松明《たいまつ》を蹴《け》っ飛《と》ばしたところだったってわけ。

「なによぅ、永遠《とわ》ちゃん！　ピースは悪《わる》くないもんっ。」

「いや悪《わる》いだろ。」

バシュッ！

問答無用《もんどうむよう》とばかりに、ぼくはポケットからどでかいクラッカーを取《と》り出《だ》して、ピース目《め》がけて発射《はっしゃ》した。

「ひゃっ。」

紙《かみ》ふぶきのかわりに白《しろ》いネットがクモの巣《す》みたいにぶわっと広《ひろ》がって、ピースを包《つつ》みこむ。

これはひもを引《ひ》っ張《ぱ》ると、ネットが飛《と》び出《だ》して不審者《ふしんしゃ》や動物《どうぶつ》を拘束《こうそく》できる、対《たい》ピース特《とく》別《べつ》アイテム。

出《で》ようとして暴《あば》れると、ますます網《あみ》がからんで動《うご》けなくなる仕組《しく》みだ。

ネットを頭《あたま》からかぶったピースに声《こえ》をかける。

「ピース、聞《き》け。これから全員《ぜんいん》でタウンから出《で》る。タウンは……。」

「なにこれ〜っ。取《と》ってよ〜。」

「いいから聞《き》けっ！　タウンは……。」

「ふんっ！」

話《はな》し終《お》わる前《まえ》に、ピースがネットをビリッと引《ひ》き裂《さ》いた。

うそだろ⁉　猛獣《もうじゅう》でも捕獲《ほかく》できる超強力《ちょうきょうりょく》ネットなのに……！

ネットにくるんで連《つ》れ出《だ》すつもりが、あっさり突破《とっぱ》されてしまった。

「仕返《しかえ》し！」

「うわっ！」

ブン！　と高速《こうそく》の蹴《け》りが飛《と》んできた。

うしろに飛《と》んでよけたけど、すぐに反対《はんたい》の足《あし》で蹴《け》りをくり出《だ》してくる。

「ねえ永遠《とわ》ちゃん、トモダチゲームしようよ！　バトルして、永遠《とわ》ちゃんが勝《か》ったらひとつだけ言《い》うこと聞《き》いてあげる！」

ブン、ブン、ブンと連続《れんぞく》で飛《と》んでくる蹴《け》りを、紙一重《かみひとえ》でよけまくる。

「そんなのゲームでもなんでもないだろ！　いいから人《ひと》の話《はなし》を聞《き》けって！」

「ピースが勝《か》ったら、ピースの言《い》うことなんでも聞《き》いてもらうから！」

「なんでそっちばっかりトクするんだよっ！」

ドガッ！　ピースのキックが木《き》を直撃《ちょくげき》して、一瞬《いっしゅん》の間《ま》ができる。

「恨《うら》むなよ！」

ゴンッ！　ピースの頭《あたま》に、思《おも》いっきり頭突《ずつ》き！

「いったー！」とひっくり返《かえ》ったところを、すかさず馬乗《うまの》りでおさえつける！

「ぼくの勝《か》ちだ！」

「うう……まだまだ～！」

バッ！　ピースが土《つち》をにぎって、顔《かお》に投《な》げつけてきた。

「い……っ。」

目《め》に砂《すな》が入《はい》り、思《おも》わずピースをつかんでいた手《て》をはなす。

「ふんっ。」

ピースがぼくの胸《むね》を手《て》のひらで突《つ》き、衝撃《しょうげき》でうしろにひっくり返《かえ》る。

形勢逆転《けいせいぎゃくてん》で、今度《こんど》はピースがぼくに馬乗《うまの》りになった。

ガツッ！　マウントポジションからのパンチ攻撃《こうげき》を受《う》け、あわてて顔面《がんめん》をガードする。

「ピースの勝《か》ち！」

ガツ、ガツ、ガツ！

容赦《ようしゃ》なくくり出《だ》してくる連続《れんぞく》パンチを、両腕《りょううで》で必死《ひっし》にガードする。

「この野郎《やろう》！」

蓮《れん》がドンッと体当《たいあ》たりをかまして、ピースを吹《ふ》っ飛《と》ばした。

でもピースはくるっとでんぐり返《がえ》しですぐに起《お》き上《あ》がる。

ぼくも起《お》き上《あ》がって体勢《たいせい》を整《ととの》え、ふたりでにらみ合《あ》う。

そのとき、パッと空中《くうちゅう》が明《あか》るくなった。

夜空《よぞら》に、とんでもないものが浮《う》かんでいた。

「……マジかよ。」

ドッ

新月《しんげつ》の満月《まんげつ》

「こんばんは！　本日午後《ほんじつごご》11時《じ》59分《ふん》59秒《びょう》をもちまして、選挙運動《せんきょうんどう》を終了《しゅうりょう》いたしました！　よってタウンの機能《きのう》をすべて復旧《ふっきゅう》しまーす！」

空中《くうちゅう》にまるで満月《まんげつ》のように浮《う》かぶ、黄色《きいろ》のスマイルマーク。

ＡＩ《エーアイ》の作《つく》ったホログラム。

腕時計《うでどけい》をみると午前《ごぜん》０時《じ》。ネットの選挙運動《せんきょうんどう》が終《お》わって、スマイルくんがタウンに戻《もど》ってきたんだ……。

「やっとスマイルくんが戻《もど》ってきたー！　さあスマイルくん、さっさと永遠《とわ》ちゃん、やっつけちゃって！」

ピースがぴょんぴょん飛《と》びはねながら命令《めいれい》する。

すると、さっきまでカカシみたいに突《つ》っ立《た》っていたヒューマノイドたちが、らんらんと目《め》を輝《かがや》かせて動《うご》きだした。

何十体《なんじったい》ものヒューマノイドが、不気味《ぶきみ》な笑《え》みを浮《う》かべて、手《て》を伸《の》ばしてくる。

……だけど、ヒューマノイドたちが向《む》かった先《さき》は、ぼくじゃなかった。

「ちょっとー！　なんでピースのほうに来《く》るのっ！　襲《おそ》うのはあっち！」

夜空《よぞら》に浮《う》かんだスマイルくんが、その様子《ようす》を見《み》ながら、おかしそうにピカピカ点滅《てんめつ》する。

「トモダチゲーム、始《はじ》まるよ〜！　今度《こんど》の獲物《えもの》はピースだよ！　みんなでピースをやっつけよう〜！」

ホテルからもぞろぞろメイドたちが出《で》てきて、ピースにじわじわと近《ちか》づいていく。

「なんでよー！　ピースは先生《せんせい》なんだよっ！」

「先生《せんせい》はわたしでーす。きみはもういりませーん。」

ピースのまわりに、何十体《なんじったい》という笑顔《えがお》のヒューマノイドが円《えん》を作《つく》って取《と》り囲《かこ》んでいく。

「……蓮《れん》、天地《てんち》。今《いま》のうちにみんなを連《つ》れていけ。接岸《せつがん》ポイントには、サキさんと一夜《かずや》さんが待《ま》ってる。」

「永遠《とわ》はどうするつもりなんだ？」

天地《てんち》が驚《おどろ》いた顔《かお》で聞《き》いてくる。

「心配《しんぱい》すんな。用事《ようじ》をすませて、後《あと》からいく。」

通話機能《つうわきのう》のあるスマートウオッチで、サキさんに連絡《れんらく》を取《と》る。

「サキさん！　ドローンを下《お》ろしてくれ！」

指示《しじ》を出《だ》すと、ぶううん、とプロペラ音《おん》がして、ドローンが下《お》りてきた。

「永遠《とわ》！　おれもいく！」

「悪《わる》い蓮《れん》、これはひとり乗《の》りだ。」

地面《じめん》を蹴《け》り、下《した》に垂《た》らされたバーに飛《と》びついた。

ドローンが真上《まうえ》に猛《もう》スピードで上昇《じょうしょう》し、心配《しんぱい》そうな天地《てんち》と蓮《れん》の顔《かお》が、あっという間《ま》に小《ちい》さくなる。

かわりにスマイルくんが目《め》の前《まえ》に迫《せま》ってきたけど、ホログラムなので攻撃《こうげき》できるわけじゃないらしい。

風《かぜ》を切《き》ってドローンが飛《と》ぶ。

〈永遠《とわ》ちゃん、そろそろ「タウン美術館《びじゅつかん》」よ！　屋上《おくじょう》に降《お》ろすわ！〉

サキさんの声《こえ》に下《した》を見《み》ると、ヘリポートのある屋上《おくじょう》が見《み》えた。

「わかった！　そのまま空中《くうちゅう》で待機《たいき》してくれ！」

サムの教《おし》えてくれたタウンを沈《しず》める方法《ほうほう》は、「沈没《ちんぼつ》ボタン」だ。

スマイルくんの本体《ほんたい》であるAI《エーアイ》は、タウン美術館《びじゅつかん》という建物《たてもの》の中《なか》にある。

美術館《びじゅつかん》というのは名前《なまえ》だけで、実際《じっさい》には窓《まど》も玄関《げんかん》もない真《ま》っ黒《くろ》い異様《いよう》な建物《たてもの》だ。

屋上《おくじょう》にヘリポートがあり、地下《ちか》にはソララとピースが入《はい》っていた医療用《いりょうよう》カプセルが厳重《げんじゅう》に保管《ほかん》されている。

ちなみに、ピースはカプセルから出《で》た後《あと》、特殊機関《とくしゅきかん》の軍事施設《ぐんじしせつ》でずっと訓練《くんれん》を受《う》けていたらしい。だからとんでもなく強《つよ》いし、銃《じゅう》もあつかえるし、ヘリも操縦《そうじゅう》できる。

カプセル保管庫《ほかんこ》のさらに奥《おく》に、沈没《ちんぼつ》ボタンが設置《せっち》されている小《ちい》さな部屋《へや》があり、ボタンを押《お》して5分後《ふんご》に内部崩壊《ないぶほうかい》が始《はじ》まって、海《うみ》に沈《しず》む仕組《しく》みになっている。

部屋《へや》のドアはロックされているけど、コントロールシステムを止《と》めるとロックが解除《かいじょ》されて手動《しゅどう》であけることができる。

「……絶対《ぜったい》にぶっ壊《こわ》す。」

タウン美術館《びじゅつかん》の屋上《おくじょう》に着《つ》くと、パッと手《て》をはなして飛《と》び降《お》りた。

ぶおん！

「うわっ。」

ホログラムスマイルくんが、どアップで迫《せま》ってきた。

「なにをするつもりですか～？　悪《わる》い子《こ》は電気《でんき》ショックですよ！」

「こけおどしはやめろってんだよ！」

スマイルくんを怒鳴《どな》りつけると、ぼくは屋上《おくじょう》の塔屋《とうや》から建物《たてもの》の中《なか》へ入《はい》り、階段《かいだん》を転《ころ》がる勢《いきお》いで駆《か》け下《お》りた。

ほこりっぽい通路《つうろ》の先《さき》。

「Friend《フレンド》 Game《ゲーム》 Control《コントロール》 Room《ルーム》……この先《さき》だ！」

飛《と》びこんだのは、「トモダチゲーム管理室《かんりしつ》」の奥《おく》の、「ティーチャールーム」。

サキさんと一夜《かずや》さんが、犯罪《はんざい》ゲームのときに忍《しの》びこんだトモダチゲームの中枢《ちゅうすう》だ。

部屋《へや》の中《なか》は壁一面《かべいちめん》のモニターやタッチパネル。

大小《だいしょう》のモニターがあって、いちばん小《ち》さなモニターの中《なか》に、スマイルくんがいた。

ふよふよと画面《がめん》の中《なか》をクラゲみたいに漂《ただよ》ってたけど、ぼくに気《き》づくとギョッとした顔《かお》になり、パッと画面《がめん》の外《そと》へと隠《かく》れてしまう。

「隠《かく》れたってムダだぜ。」

ぼくはそばにあったイスをむんずとつかむと、ブンッとふり回《まわ》した。

ガシャーン！　タッチパネルが割《わ》れる。

「バカ！　やめなさい！　そんな悪《わる》い子《こ》にはおしおきですよー‼」

突然《とつぜん》、壁《かべ》のモニター全部《ぜんぶ》に、怒《おこ》った顔《かお》のスマイルくんが現《あらわ》れた。

「バカはおまえだっつーの！」

ゴン！　画面《がめん》のひとつを、思《おも》いっきり殴《なぐ》った。

パキッと液晶《えきしょう》が割《わ》れて、スマイルくんがひとつ消《き》える。

「やめなさい！　こら！　やーめーなーさーい！」

スマイルくんが画面《がめん》いっぱいを顔《かお》にして叫《さけ》ぶけど、無視《むし》してイスをふり回《まわ》した。

ゴン！　パキッ。ガシャーン！

全力《ぜんりょく》で暴《あば》れまくり、ティーチャールームがめちゃめちゃになる。

ブウゥン……。

部屋《へや》が暗《くら》くなり、それからすべての照明《しょうめい》が、赤《あか》く点滅《てんめつ》しはじめた。

……緊急事態発生《きんきゅうじたいはっせい》。緊急事態発生《きんきゅうじたいはっせい》。非常用《ひじょうよう》バックアップシステムに切《き》り替《か》えます。……

「よし！」

やっとコントロールシステムが止《と》まった！

ティーチャールームを出《で》て階段《かいだん》を駆《か》け下《お》りると、地下《ちか》へと向《む》かう。

地下扉《ちかとびら》の解錠《かいじょう》センサーは機能停止《きのうていし》していた。

「ぬぐ……！」

力《ちから》ずくで押《お》すと、扉《とびら》がギシギシと音《おと》を立《た》てて開《ひら》く。

空調《くうちょう》がきいていたのか、ひんやりした空気《くうき》が流《なが》れてくる。

「……ここが……カプセル保管庫《ほかんこ》？」

おびただしい計器類《けいきるい》とパソコンに、ふたつの医療用《いりょうよう》カプセル。

ピースとソララが育《そだ》った場所《ばしょ》……。

すべてが灰色《はいいろ》で、暖《あたた》かみのある色《いろ》がひとつもない。

広々《ひろびろ》としたカプセル保管庫《ほかんこ》を通《とお》りぬけると、真《ま》っ黒《くろ》いドアがあった。
これもセンサーは停止《ていし》していて、ドアが横《よこ》にスライドして開《ひら》く。
部屋《へや》の真《ま》ん中《なか》には、テーブルがぽつんとひとつだけ。
その上《うえ》に四角《しかく》いプラスチックカバーでおおわれた、真《ま》っ赤《か》なキノコみたいなボタン。
サムから教《おし》えてもらったパスワードを打《う》ちこむと、パカッとカバーがあいた。
「……これでおしまいだ。さよならタウン。」

さよならタウン

グッと強《つよ》くボタンを押《お》しこむと、カチッと音《おと》がした。
ビーッ！　ビーッ！　ビーッ！
非常《ひじょう》ブザーが鳴《な》りひびく。
ぼくは部屋《へや》を飛《と》び出《だ》し、ダッシュで屋上《おくじょう》へと駆《か》け上《あ》がった。
「サキさん！　ミッション成功《せいこう》、戻《もど》るぞ！」
空中《くうちゅう》で停止《ていし》していたドローンに飛《と》び移《うつ》る。
〈オッケー！　一夜《かずや》が天地《てんち》くんたちと合流《ごうりゅう》した！　全員無事《ぜんいんぶじ》よ！〉
5分後《ふんご》に内部《ないぶ》で爆発《ばくはつ》が起《お》こり、タウンは沖《おき》へと移動《いどう》しながら崩壊《ほうかい》を始《はじ》めるはずだ。
ドローンが急上昇《きゅうじょうしょう》し、あっという間《ま》にタウンが足《あし》の下《した》になる。
「う……あいつ⁉」
暗《くら》い町《まち》を照《て》らすように、ホログラムスマイルくんがいた。

映像《えいぞう》がブレブレで、今《いま》にも消《き》えそうだけど、怒《おこ》った顔《かお》でこっちをにらみつけている。
そのスマイルくんが、どんどん大《おお》きくなっていく。
「な、なんだよ……！」
はち切《き》れそうになるまで巨大化《きょだいか》して、すぐ目《め》の前《まえ》まで迫《せま》ってきた。
それから、口《くち》をパカッとあけた。
食《く》われる……⁉
いや、こけおどしだろ！
とたん、ドローンがガクッとなる。
「わわっ⁉」
プ……プロペラが止《と》まった⁉
急上昇《きゅうじょうしょう》からの急降下《きゅうこうか》！
ヤバい……！
ドローンは、コントローラーからの電波《でんぱ》を受信《じゅしん》して操縦《そうじゅう》されている。
あいつ、ドローンのコントロールを妨害《ぼうがい》する電波《でんぱ》を出《だ》してた⁉

コントロールを失《うしな》ったドローンが、地面《じめん》に向《む》かって落《お》ちていく。
「うわあああ！」
ぼくが落下《らっか》していくのを見《み》て、スマイルくんが満足《まんぞく》げにニッと笑《わら》う。
それから、フッと消《き》えてしまった。
くそっ……こんなとこで死《し》んでたまるか！
ドローンから手《て》をはなし、わざと宙《ちゅう》にほうり出《だ》される。
そのままぼくは街路樹《がいろじゅ》に激突《げきとつ》！
バキバキバキバキ〜！
枝《えだ》を折《お》りながらズザーッと落《お》ちていったけど、「こなくそ！」と枝《えだ》をつかむ。
グンッ！　と大《おお》きく枝《えだ》がしなる。
止《と》まった……！
直後《ちょくご》にドオン！　と音《おと》がして、見《み》るとドローンが墜落《ついらく》してバラバラになっている。
「あっぶなー……。」
九死《きゅうし》に一生《いっしょう》を得《え》るってこのことだ……。

ぶらんと枝《えだ》にぶら下《さ》がっていたら、枝《えだ》がバキッと折《お》れた。

「わー!!」

地面《じめん》にボトッと落《お》ちて、しりもちをつく。

「い……生《い》きてる……。」

ホッとしたのもつかの間《ま》、まわりを見《み》てギョッとした。

「死体《したい》!?」

あたり一面《いちめん》、人《ひと》がたおれてる!

大量虐殺《たいりょうぎゃくさつ》!? と思《おも》ったけど、ピースを襲《おそ》っていたヒューマノイドたちだった。

目《め》の前《まえ》にホテルがあって、ぼくはさっきと同《おな》じ場所《ばしょ》に落《お》ちたらしい。

「そっか……ヒューマノイドが活動停止《かつどうていし》したのか……。」

ピースの姿《すがた》はなく、すでに逃《に》げた後《あと》らしい。

よく見《み》ると首《くび》や手足《てあし》がバラバラになっているヒューマノイドもたくさんあって、ピースがぶっ壊《こわ》したっぽい。

そのとき、足《あし》の裏《うら》からドオォン……という低《ひく》い震動《しんどう》が走《はし》った。

地面《じめん》の奥底《おくそこ》からゆさぶるように、ズズズ……と世界《せかい》がゆれた。

ヤバい……！　５分《ふん》すぎて本格的《ほんかくてき》な沈没《ちんぼつ》が始《はじ》まったんだ！

「早《はや》く逃《に》げないと！」

パッと見《み》ると、バイクが横倒《よこだお》しになっていた。

「これだ！」

急《いそ》いでバイクを起《お》こし、エンジンをかける。

裏手《うらて》の山《やま》から陸地《りくち》の接岸《せつがん》ポイントに出《で》られるはずだ。

アクセルをふかすと、ぐおん！　と加速《かそく》して「うわっ。」となる。

なんとか体勢《たいせい》を立《た》てなおして、バイクを走《はし》らせる。

完全《かんぜん》に沈没《ちんぼつ》するまでに脱出《だっしゅつ》できなきゃ、海《うみ》のもくずだ。

ゴゴゴ……。地《じ》ひびきとゆれが大《おお》きくなり、ビシッと道路《どうろ》にきれつが走《はし》る。

きれつが割《わ》れ目《め》になり、その割《わ》れ目《め》に動《うご》かなくなったヒューマノイドがのみこまれていく。

アクセル全開《ぜんかい》で、林《はやし》から森《もり》、森《もり》から山道《やまみち》に入《はい》る。ゆれと轟音《ごうおん》はますます激《はげ》しくなり、木《き》がバサバサと音《おと》を立《た》て、葉《は》っぱが雨《あめ》のように落《お》ちてくる。
「とうげだ！」
一気《いっき》に視界《しかい》が開《ひら》けて、空《そら》が見《み》えた。この先《さき》が接岸《せつがん》ポイントのはず！
だけど、道《みち》の先《さき》には、なにもなかった。
タウンはすでに離岸《りがん》していて、暗《くら》くてなにも見《み》えない。
ぽっかりと夜空《よぞら》が広《ひろ》がっていて、下《した》からは波《なみ》の音《おと》。
このままじゃ海《うみ》につっこんでしまう。
完全《かんぜん》につんだ……！
そう思《おも》った瞬間《しゅんかん》。
暗闇《くらやみ》にポッと、炎《ほのお》が見《み》えた。
頼《たよ》りなくゆらめく、ふたつの炎《ほのお》。
あれは……松明《たいまつ》！　あそこが陸地《りくち》なんだ！
限界《げんかい》のマックススピード。
途切《とぎ》れた道《みち》の先《さき》、ぼくはバイクごと空中《くうちゅう》へと飛《と》び出《だ》した。

「届《とど》けえええええ！」

エピローグ

夜《よる》の海《うみ》への大《だい》ジャンプ。

「と……届《とど》いた。」

崖《がけ》のはしっこ。ギリギリのところで、一夜《かずや》さんとサキさんがぼくを受《う》け止《と》めてくれた。

「永遠《とわ》ちゃんっ！」

「永遠《とわ》！」

地面《じめん》にたおれこんで数秒後《すうびょうご》、ドボーンとバイクが海《うみ》に落《お》ちる音《おと》がした。

ふり向《む》くと、夜《よる》の海《うみ》にとけこむように、ぼんやりとタウンの輪郭《りんかく》が消《き》えていく。

「……タウンが……。」

そのまま沖《おき》へと流《なが》されていき、やがて完全《かんぜん》に闇《やみ》にまぎれてしまった。

よろよろと立《た》ち上《あ》がると、蓮《れん》と天地《てんち》が松明《たいまつ》を持《も》って、「永遠《とわ》！」と駆《か》けよってくる。

「みんな無事《ぶじ》でよかった……。」

死《し》ぬかと思《おも》った。けど、生《い》きてる。

「永遠《とわ》、ひどいな、その顔《かお》。」

「葉《は》っぱまみれだぞ。」

そう言《い》って笑《わら》う天地《てんち》と蓮《れん》も、泥《どろ》だらけ。

お互《たが》いの姿《すがた》がおかしくて、プッと吹《ふ》き出《だ》してしまう。

そこに、ワアッと声《こえ》が上《あ》がる。

崖《がけ》の上《うえ》には、麗《うらら》、音羽《おんぱ》、花奈《かな》、みめる、優々《ゆゆ》さん、セカイさんたち、みんながいた。

「見《み》て見《み》て！　あれがスターリンク衛星《えいせい》だって！」

空《そら》を見上《みあ》げて指《ゆび》さしている。

その輪《わ》の中《なか》に、ソララと夜野《よるの》さんがいた。

笑《わら》いながら、空《そら》を見上《みあ》げている。

ふたりの視線《しせん》の先《さき》を追《お》うと、光《ひかり》のつぶがまるで列車《れっしゃ》のように、夜空《よぞら》を駆《か》けていった。

都知事選投票日《とちじせんとうひょうび》と、ＫＫ《ケーケー》学園生徒大量誘拐事件《がくえんせいとたいりょうゆうかいじけん》の解決《かいけつ》。

大《おお》きなできごとがふたつ重《かさ》なって、テレビもネットも大騒《おおさわ》ぎだった。

警察《けいさつ》は、誘拐事件《ゆうかいじけん》は「犯罪組織《はんざいそしき》による犯行《はんこう》」で、「全員無事《ぜんいんぶじ》に保護《ほご》」と発表《はっぴょう》した。まるで警察《けいさつ》の手柄《てがら》みたいに言《い》ってるけど、大人《おとな》はぜんっぜん、なにもやってないからな。

そしてスマイルくんは、選挙《せんきょ》が終《お》わるとまるで話題《わだい》にのぼらなくなった。

理由《りゆう》は、まったく票《ひょう》が入《はい》らなかったから。

あんなに人気《にんき》だったのに、実際《じっさい》に投票《とうひょう》した人《ひと》はほとんどいなかった。

結局《けっきょく》、投票《とうひょう》する人《ひと》たちは、ちゃんとまじめな立候補者《りっこうほしゃ》を選《えら》んだってことみたいだ。


ＫＫ学園《ケーケーがくえん》のメンバーは、ぼくも含《ふく》めてあっという間《ま》にいつもの日々《ひび》に戻《もど》った。

みんなめっちゃ元気《げんき》だったし、何日間《なんにちかん》か休《やす》んだだけで、学校《がっこう》が始《はじ》まった。

うれしかったのは、音羽《おんぱ》ときゅるんちゃんが転校《てんこう》してきたこと！　きゅるんちゃんは念願《ねんがん》の飛《と》び級《きゅう》が特別《とくべつ》に認《みと》められて、月《つき》ちゃんと同《おな》じ中等部《ちゅうとうぶ》の1年生《ねんせい》に。

誘拐犯《ゆうかいはん》が捕《つか》まっていないので、「誘拐《ゆうかい》の再犯防止《さいはんぼうし》のため、希望《きぼう》すればセキュリティの高《たか》いＫＫ学園《ケーケーがくえん》に転校《てんこう》できる」という措置《そち》が取《と》られたんだ。

ちなみに、南波《みなみなみ》さん、夜野《よるの》さん、水白《みずしろ》さん、ルイさんは元《もと》の学校《がっこう》を選《えら》んだ。

「自分《じぶん》たちで居場所《いばしょ》を作《つく》るよ。４人《にん》いればなんとかなるさ。」

南波《みなみなみ》さんはそう言《い》って親指《おやゆび》を立《た》てた。

セカイさん、リカイさん、ミライさん、優々《ゆゆ》さんも家《いえ》に戻《もど》った。

三《み》つ子《ご》はユーチューブの動画《どうが》チャンネルを、優々《ゆゆ》さんは投資《とうし》をがんばるそうだ。

そしてソララは、ミヤビ姉妹《しまい》が引《ひ》き取《と》った。

「彼女《かのじょ》はとても優秀《ゆうしゅう》です。」

「利用価値《りようかち》がありますわ。」

そう言《い》って連《つ》れていった。どこにいるかは知《し》らないけど、夜野《よるの》さんとは連絡《れんらく》を取《と》り合《あ》っていて元気《げんき》らしい。

で、学校《がっこう》が始《はじ》まって、気《き》づいたことがある。

新学期《しんがっき》が始《はじ》まったということは、夏休《なつやす》みの宿題《しゅくだい》を提出《ていしゅつ》しなければならない。

でも、ぼくは夏休《なつやす》みの前日《ぜんじつ》からず――っとトモダチゲームで戦《たたか》っていた。

タウンから戻《もど》ってきてからは、失《うしな》われた夏休《なつやす》みを取《と》り戻《もど》すべく、地元《じもと》の友《とも》だちと遊《あそ》びまくっていた。

というわけで、1ページも宿題《しゅくだい》をやっていない。

「うそだろ……。」

真《ま》っ白《しろ》なドリルや問題集《もんだいしゅう》を前《まえ》に、絶望《ぜつぼう》するしかなかった。

でも、クラスの子《こ》もほとんど誘拐《ゆうかい》されてたし、絶対《ぜったい》やっていないはず!

……と思《おも》ったのに。

「宿題《しゅくだい》? 終《お》わってるが。」

「なんでだよ!」

蓮《れん》がきっちり解答《かいとう》と丸《まる》つけがすんだ、パーフェクトな問題集《もんだいしゅう》を見《み》せてきた。

しかたなく、蓮《れん》に教《おし》えてもらって、ひいひい言《い》いながら宿題《しゅくだい》をする。

蓮《れん》がみっちり教《おし》えてくれたおかげで、ドリルや問題集《もんだいしゅう》はなんとかなった。

だけど作文《さくぶん》だけは、自分《じぶん》で書《か》かなくちゃいけない。

いまだ提出《ていしゅつ》していないのはぼくだけで、先生《せんせい》に怒《おこ》られ、とうとう教室《きょうしつ》に居残《いのこ》って作文《さくぶん》を完成《かんせい》させなきゃいけなくなった。

テーマは「将来《しょうらい》の夢《ゆめ》」。

そういえば、タウンでプロフィール帳《ちょう》を書《か》いたときは、将来《しょうらい》の夢《ゆめ》の欄《らん》に「えらい人《ひと》」と書《か》いたっけ。

真《ま》っ白《しろ》な原稿用紙《げんこうようし》を前《まえ》に、うーん、と頭《あたま》をひねる。

あのときは具体的《ぐたいてき》な目標《もくひょう》はなかったけど、今《いま》は……ある。

ぼくは……みんなが幸《しあわ》せになるために、役《やく》に立《た》てる人間《にんげん》になりたい。

サムは「人《ひと》の役《やく》に立《た》ちたい、弱《よわ》い人《ひと》を助《たす》けたい」と思《おも》って政治家《せいじか》になったと言《い》っていた。

窓《まど》の外《そと》を見《み》ると、夏《なつ》の終《お》わりの入道雲《にゅうどうぐも》が、早《はや》く作文《さくぶん》なんか終《お》わらせて遊《あそ》びにいこうと誘《さそ》ってくる。

「将来《しょうらい》の夢《ゆめ》　久遠永遠《くどうとわ》」とだけ書《か》いて止《と》まっている原稿用紙《げんこうようし》。

やっと鉛筆《えんぴつ》を持《も》って、続《つづ》きを書《か》く。

ぼくの将来《しょうらい》の夢《ゆめ》は、……。

……これを書《か》くのは、ちょっと悔《くや》しいけど。

「総理大臣《そうりだいじん》……かな。」

あとがき

こんにちは！　もえぎ桃《もも》です。

最終巻《さいしゅうかん》、楽《たの》しんでもらえたでしょうか？

永遠《とわ》たちに会《あ》えなくなるのはさびしいけれど、大団円《だいだんえん》を迎《むか》えることができて感謝《かんしゃ》の気持《きも》ちでいっぱいです。

読者《どくしゃ》のみなさんに、大《おお》きな大《おお》きな「ありがとう」を伝《つた》えたいです。

今《いま》まで読《よ》んでくれて、ありがとう〜〜〜！！！

そして、お手紙《てがみ》やキャラアイデアもありがとうございました！

最後《さいご》の新《しん》キャラは、蓮《れん》のお兄《にい》さんの「漣浮世《さざなみうきよ》」。

青《あお》い鳥文庫《とりぶんこ》ウェブサイトの掲示板《けいじばん》に書《か》きこんでくれた、つみあさんのアイデアです。

もともとのアイデアは、敵組織《てきそしき》の一員《いちいん》で情報収集《じょうほうしゅうしゅう》とネット攻撃《こうげき》を担当《たんとう》する蓮《れん》の兄《あに》。名前《なまえ》もかっこいいし、SNS《エスエヌエス》が苦手《にがて》な蓮《れん》とは反対《はんたい》にネットにくわしいところと、ドライだけど蓮《れん》には過保護《かほご》という性格《せいかく》がとても気《き》に入《い》りました！　基本《きほん》の設定《せってい》をいただき、永遠《とわ》をサポートする役《やく》として登場《とうじょう》してもらいました。

ほかにも読者《どくしゃ》のみなさんからたくさんのアイデアをいただき、どうしてこんなすごいアイデアを思《おも》いつくんだろう？　と感心《かんしん》しきりでした。

キャラデザインのイラストも上手《じょうず》で、きっと将来《しょうらい》、アイデアを応募《おうぼ》してくれたみんなの中《なか》から、小説家《しょうせつか》、漫画家《まんがか》、イラストレーターなどのクリエイターが生《う》まれるんだろうなあ、と思《おも》ってます。編集者《へんしゅうしゃ》やプロデューサーのお仕事《しごと》につく人《ひと》もいるかも？　みんなの未《み》来《らい》を考《かんが》えるとワクワクしてきます。とても楽《たの》しみです！

さて、いただいたお手紙《てがみ》やメッセージには、実《じつ》は「永遠《とわ》と蓮《れん》をデートさせて！」という要望《ようぼう》も多《おお》かったんです。そして作者《さくしゃ》のわたしも、将来的《しょうらいてき》にはふたりに恋人同士《こいびとどうし》になってもらう予定《よてい》でした。

ところが！　似《に》たもの同士《どうし》で親友《しんゆう》で、見《み》た目《め》もお似合《にあ》いの永遠《とわ》と蓮《れん》。どっちも恋愛《れんあい》に興《きょう》味《み》がなさすぎて、７巻《かん》ではむしろ戦《たたか》う方向《ほうこう》へ⁉　ついに恋愛《れんあい》フラグが立《た》たないまま、最終《さいしゅう》巻《かん》になってしまいました。

でも、そんなところも、恋愛《れんあい》より友《とも》だちがたいせつな永遠《とわ》らしいですよね。永遠《とわ》、蓮《れん》、天地《てんち》は友情《ゆうじょう》で結《むす》ばれていて、将来《しょうらい》は総理大臣《そうりだいじん》になった永遠《とわ》を、蓮《れん》と天地《てんち》が支《ささ》えている……そんなイメージがぴったりかも。

そして、キャラたちに命《いのち》を吹《ふ》きこんでくれた、イラストレーターの久我山《くがやま》ぼんさんにも感謝《かんしゃ》を。『トモダチデスゲーム』にはたくさんのキャラが出《で》てきますが、かっこいい&《アンド》かわいいのはもちろん、みんなイメージどおりで、お話《はなし》の中《なか》でキャラがどんどん動《うご》きだしました。

カバーのイラストも毎回凝《まいかいこ》っていてかっこよく、「今回《こんかい》はどんな永遠《とわ》たちに会《あ》えるんだろう！」と楽《たの》しみでした。

改《あらた》めて、すてきなイラストをありがとうございました！

そして、ともに最後《さいご》まで走《はし》ってくれた担当編集《たんとうへんしゅう》さん、また本《ほん》の制作《せいさく》に携《たずさ》わってくれたすべての方々《かたがた》のおかげで、ここまでこられました。ありがとうございました！

ではでは、本《ほん》を読《よ》んだ感想《かんそう》を教《おし》えてくれるとうれしいです。

お手紙《てがみ》やこの本《ほん》にはさまっている読者《どくしゃ》ハガキで送《おく》ってもらってもいいし、青《あお》い鳥文庫《とりぶんこ》ウェブサイトの掲示板《けいじばん》に書《か》きこむこともできます。

青《あお》い鳥文庫《とりぶんこ》ウェブサイトは、「青《あお》い鳥文庫《とりぶんこ》」で検索《けんさく》してみてね。

みなさんからのメッセージは、わたしのパワーの源《みなもと》です。

お手紙《てがみ》には必《かなら》ず返事《へんじ》を出《だ》します！

最後《さいご》にもう一度《いちど》……。

みんな、今《いま》まで本当《ほんとう》にありが、とう〰〰！

【お手紙《てがみ》のあて先《さき》】
〒112―8001　東京都文京区音羽《とうきょうとぶんきょうくおとわ》2―12―21
講談社《こうだんしゃ》　青《あお》い鳥文庫編集部《とりぶんこへんしゅうぶ》

この作品は書き下ろしです。

＊著者紹介

もえぎ桃《もも》

青森県生まれ。おひつじ座のA型。千葉大学卒業。2020年、青い鳥文庫小説賞一般部門で金賞を受賞し、作家デビュー。趣味はミシンとカフェめぐり。コーヒーとスイーツがあれば幸せ！　作品に、『両想いになりたい』、「うるわしの宵の月」シリーズ、「ふたごに溺愛されてます！！」シリーズ（すべて講談社青い鳥文庫）などがある。

＊画家紹介

久我山《くがやま》ぽん

漫画家、イラストレーター。岐阜県出身。おとめ座のA型。おもな作品に『1日10分、俺とハグをしよう』（noicomi）のコミカライズがある。趣味は漫画を読むこと。好きな食べ物は惣菜パン。

読者のみなさまからのお便りをお待ちしています。
下のあて先まで送ってくださいね。
いただいたお便りは、編集部から著者へおわたしいたします。
〒112-8001 東京都文京区音羽2-12-21 講談社 青い鳥文庫編集部

講談社 青い鳥文庫

トモダチデスゲーム
九死《きゅうし》に一生《いっしょう》を得《え》る
もえぎ桃《もも》

2024年11月15日 第1刷発行

(定価はカバーに表示してあります。)
発行者 安永尚人
発行所 株式会社講談社
東京都文京区音羽2-12-21 郵便番号112-8001
電話 編集 (03) 5395-3536
販売 (03) 5395-3625
業務 (03) 5395-3615
N.D.C.913 194p 18cm
装 丁 小林朋子
久住和代
印 刷 TOPPANクロレ株式会社
製 本 TOPPANクロレ株式会社
本文データ制作 講談社デジタル製作

KODANSHA

ISBN978-4-06-537076-6

大人気シリーズ!!

『星《ほし》カフェ シリーズ』

倉橋燿子《くらはしようこ》／作　たま／絵

・・・・・・・・ ストーリー ・・・・・・・・

ココは、明るく運動神経バツグンの双子の姉・ルルとくらべられてばかり。でも、ルルの友だちの男の子との出会いをきっかけに、毎日が少しずつ変わりはじめて。内気なココの、恋と友情を描く！

新しい
自分を
見つけたい！

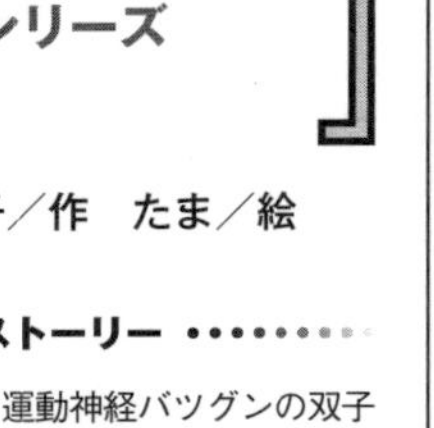

主人公
水庭湖々《みずにわここ》

『小説《しょうせつ》 ゆずのどうぶつカルテ シリーズ』

伊藤《いとう》みんご／原作・絵　辻《つじ》みゆき／文
日本《にっぽん》コロムビア／原案協力

・・・・・・・・ ストーリー ・・・・・・・・

小学５年生の森野柚は、お母さんが病気で入院したため、獣医をしている秋仁《あきひと》叔父さんと「青空町わんニャンどうぶつ病院」で暮らすことに。 柚の獣医見習いの日々を描く、感動ストーリー！

動物ニガテ
なんですけ
ど～～～!!

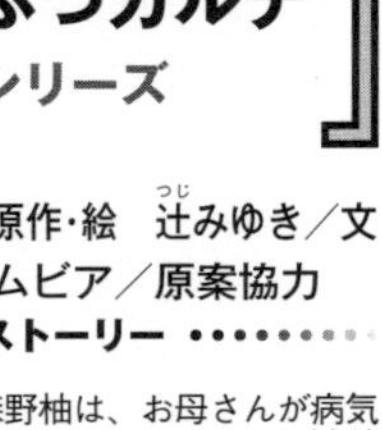

主人公
森野《もりの》 柚《ゆず》

『ひなたとひかり
シリーズ』

高杉六花《たかすぎりっか》／作　万冬《まふゆ》しま／絵

ストーリー

平凡女子中学生の日向は、人気アイドルで双子の姉の光莉《ひかり》をピンチから救うため、光莉と入れ替わることに!!　華やかな世界へと飛びこんだ日向は、やさしくほほ笑む王子様と出会った……けど!?

入れ替わる
なんて
どうしよう！

主人公
相沢日向《あいざわひなた》

『黒魔女《くろまじょ》さんが通《とお》る!!
&
6年《ねん》1組《くみ》 黒魔女《くろまじょ》さんが通《とお》る!!
シリーズ』

石崎洋司《いしざきひろし》／作
藤田《ふじた》 香《かおり》&亜沙美《あさみ》／絵

ストーリー

魔界から来たギュービッドのもとで黒魔女修行中のチョコ。「のんびりまったり」が大好きなのに、家ではギュービッドのしごき、学校では超・個性的なクラスメイトの相手、と苦労が絶えない毎日！

早くふつうの
女の子に
もどりたい。

主人公
黒鳥千代子《くろとりちよこ》
（チョコ）

大人気シリーズ!!

『藤白《ふじしろ》くんのヘビーな恋《こい》シリーズ』

神戸遥真《こうべはるま》／作　壱《いち》 コトコ／絵

ストーリー

不登校だったクラスメイト藤白くんを学校に誘ったクラス委員の琴子。すると、登校してきた藤白くんが、琴子の手にキスを！　藤白くんの恋心は誰にもとめられない!?　甘くて重たい恋がスタート！

藤白くんに
好かれて
こまってます！

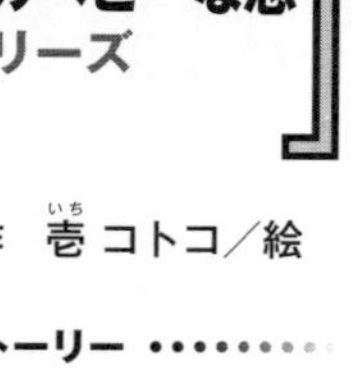

主人公
椿森琴子《つばきもりことこ》

『きみと100年分《ねんぶん》の恋《こい》をしよう シリーズ』

折原《おりはら》みと／作　フカヒレ／絵

ストーリー

病気で手術をした天音はあと３年の命!?と聞き、ずっと夢見ていたことを叶えたいと願う。それは、"本気の恋"。好きな人ができたら、世界でいちばんの恋をしたいって。天音の" 運命の恋"が始まる！

やっと
出会えた
運命の恋♡

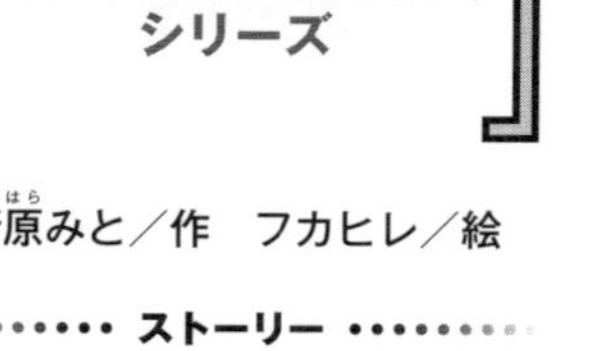

主人公
鈴原天音《すずはらあまね》

大人気シリーズ!!

『ララの魔法《まほう》のベーカリー シリーズ』

小林深雪《こばやしみゆき》／作　牧村久実《まきむらくみ》／絵

ストーリー

中学生のララは明るく元気な女の子。ララが好きなもの、それはパン。夢は世界一のベーカリー。パンの魅力を語るユーチューブにも挑戦中。イケメン４兄弟に囲まれて、ララの中学生活がスタート！

夢は自分のパン屋さんを持つこと。

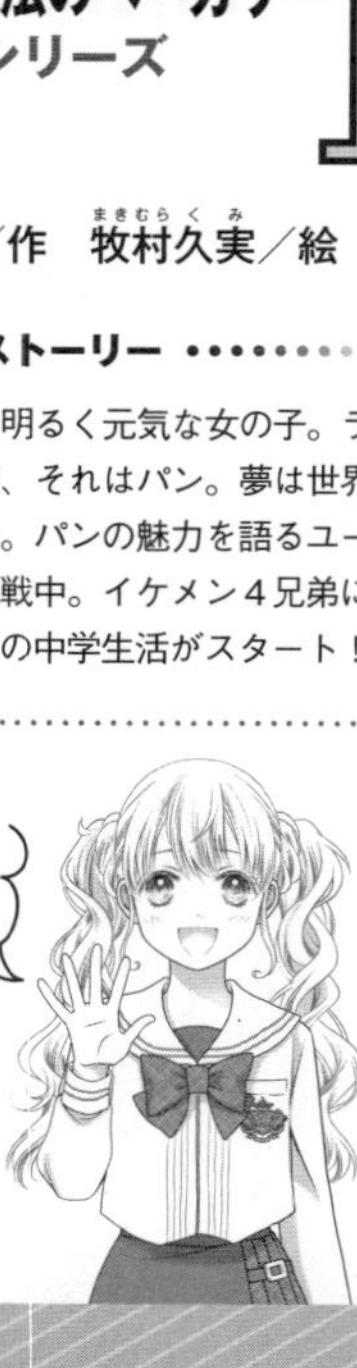

主人公
夢咲《ゆめさき》ララ

『若《わか》おかみは小学生《しょうがくせい》！ シリーズ』

令丈《れいじょう》ヒロ子《こ》／作　亜沙美《あさみ》／絵

ストーリー

事故で両親をなくした小６のおっこは、祖母の経営する温泉旅館「春の屋」で暮らすことに。そこに住みつくユーレイ少年・ウリ坊に出会い、ひょんなことから春の屋の「若おかみ」修業を始めます。

どんなお客様も笑顔に！

主人公
関《せき》 織子《おりこ》
（おっこ）

『エトワール! シリーズ』

梅田《うめだ》みか／作　結布《ゆう》／絵

ストーリー

めいはバレエが大好きな女の子。苦手なことにぶつかってもあきらめず、あこがれのバレリーナをめざして発表会やコンクールにチャレンジします。バレエのことがよくわかるコラム付き！

ずっとバレエを踊っていきたい！

主人公　森原《もりはら》めい

『氷《こおり》の上《うえ》のプリンセス シリーズ』

風野《かぜの》 潮《うしお》／作　Nardack《ナルダク》／絵

ストーリー

小5の時、パパを亡くしフィギュアスケートのジャンプが飛べなくなってしまったかすみ。でも、一生けんめい練習にはげみます。「シニア編」も始まり、めざすはオリンピック！ 恋のゆくえにも注目です♡

何よりもフィギュアが大好き♡

主人公　春野《はるの》かすみ

大人気シリーズ!!

『それは正義《せいぎ》が許《ゆる》さない！ シリーズ』

藤本《ふじもと》ひとみ／原作　住滝《すみたき》 良《りょう》／文
茶乃《ちゃの》ひなの／絵

・・・・・・・・ ストーリー ・・・・・・・・

七鬼家《ななきけ》の次の当主・忍《しのぶ》の警護係に採用された３人の女子中学生。志願した理由は、みんな忍に恋してるから！　さらに３人には秘密が……。次々に起こる謎の事件を解決して、「忍様をお守りします！」

警護係
がんばるぞ！

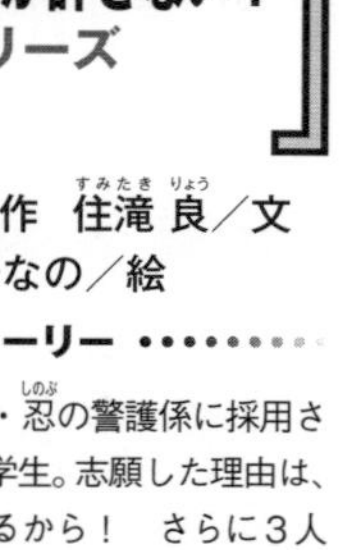

主人公
桃子《ももこ》

『人狼《じんろう》サバイバル シリーズ』

甘雪《あまゆき》こおり／作　ｈｉｍｅｓｕｚ《ひめすず》／絵

・・・・・・・・ ストーリー ・・・・・・・・

謎の洋館ではじまったのは「リアル人狼ゲーム」。正解するまで脱出は不可能。友を信じるのか、裏切るのか──。究極のゲームの中で、勇気と知性、そして本当の友情がためされる！

狼は誰だ!?
絶対に
負けない！

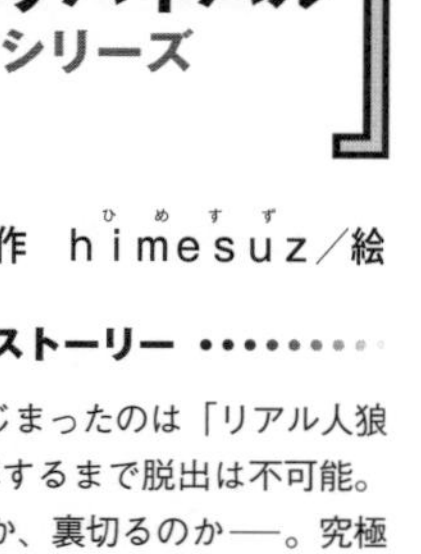

主人公
赤村《あかむら》ハヤト

青い鳥文庫

『怪盗《かいとう》クイーン シリーズ』

はやみねかおる／作　K2商会《ケーツーしょうかい》／絵

ストーリー

超巨大飛行船《トルバドゥール》で世界中を飛びまわり、ねらうは「怪盗の美学」にかなうもの。そんな誇り高きクイーンの行く手に、個性ゆたかな敵がつぎつぎとあらわれる。超ド級の戦いから目がはなせない！

主人公

クイーン

『トモダチデスゲーム シリーズ』

もえぎ 桃《もも》／作　久我山《くがやま》ぼん／絵

ストーリー

久遠永遠は、訳あってお金持ち学校に入れられた、ぼっち上等、ケンカ最強の女の子。夏休みに学校で行われた「特別授業」は、友だちの数を競いあうサバイバルゲーム!? 『ぼっちは削除だ！』

主人公

久遠永遠《くどうとわ》

ノンフィクション

ほんとうにあった 戦争《せんそう》と平和《へいわ》の話《はなし》

野上《のがみ》 暁《あきら》/監修

戦争はどうしていけないの？ 平和ってなに？ 事実だけが持つ感動がいっぱいの14の物語と3つの小さなお話を、写真とイラストたっぷりでお届けします。

命《いのち》をつなげ！ドクターヘリ2 前橋赤十字病院《まえばしせきじゅうじびょういん》より

岩貞《いわさだ》るみこ／文

一秒でも早く病気の人や、けがを負った人の治療を始めるために、ドクターヘリは今日も空を飛ぶ。ひとつの命を救うために、戦い続ける人たちの感動のドラマ。

新選組《しんせんぐみ》 幕府《ばくふ》を守《まも》ろうとした男《おとこ》たち

楠木誠一郎《くすのきせいいちろう》／文
山田章博《やまだあきひろ》／絵

剣に生き、剣に死す。テロが頻発する幕末の京都で、剣の技だけを頼りに、幕府のために戦い続けた「新選組」。若い命を燃やした男たちのすべてを目撃せよ！

わたし、がんばったよ。 急性骨髄性白血病《きゅうせいこつずいせいはっけつびょう》をのりこえた女《おんな》の子《こ》のお話《はなし》。

岩貞《いわさだ》るみこ／文　松本《まつもと》ぷりっつ／絵

急性骨髄性白血病をのりこえた美咲《みさき》ちゃんと家族。自分の病気をお友だちにもっと知ってもらいたい、と美咲ちゃんは絵本を書きました。わたし、がんばったよ。

命《いのち》をつなげ！ドクターヘリ 日本医科大学千葉北総病院《にほんいかだいがくちばほくそうびょういん》より

岩貞《いわさだ》るみこ／作

「ぜったいに、助ける！」救命救急の医師、看護師はもちろん、オペレーター、消防隊、ヘリコプターの機長や整備士も――ひとつの命を救うため、奮闘する！

ナイチンゲール 「看護《かんご》」はここから始《はじ》まった

村岡花子《むらおかはなこ》／文
丹地陽子《たんじようこ》／絵

クリミア戦争中、看護師チームを率い、軍の病院で活動。兵士の看護のほか、衛生状況を改善するなど、看護の基本を作ったナイチンゲール。その人生とは……。

伝記と

しっぽをなくしたイルカ
沖縄《おきなわ》美《ちゅ》ら海水族館《うみすいぞくかん》フジの物語《ものがたり》

岩貞《いわさだ》るみこ／作　加藤文雄《かとうふみお》／写真

イルカのフジは病気で尾びれをなくし、泳がなくなってしまった。泳ぎを取りもどさせたい！　世界初のイルカの人工尾びれをつくるプロジェクトがはじまった。

もしも病院《びょういん》に犬《いぬ》がいたら
こども病院《びょういん》ではたらく犬《いぬ》、ベイリー

岩貞《いわさだ》るみこ／作

病院にはつらいことがたくさん。だけど、ベイリーがやってきて毎日が楽しくなった！　日本ではじめて、こども病院ではたらく犬、ベイリーのお話です。

ハチ公物語《こうものがたり》待《ま》ちつづけた犬《いぬ》

岩貞《いわさだ》るみこ／作　真斗《まと》／絵
田丸瑞穂《たまるみずほ》／写真

雨の日も雪の日も、主人の帰りを駅で待つ……。日本一有名な秋田犬のハチと、やさしい飼い主のあたたかい心の交流を描く。別れのせつなさに胸をうたれます。

タロとジロ南極《なんきょく》で生《い》きぬいた犬《いぬ》

東《ひがし》 多江子《たえこ》／文　佐藤《さとう》やゑ子《こ》／絵
岩合光昭《いわごうみつあき》／写真

第一次南極観測越冬隊とともに南極で働き、隊員にとっても大事な仲間だったカラフト犬のタロとジロ。しかし１年後、犬たちに悲しい運命が待っていた――。

犬《いぬ》の車《くるま》いす物語《ものがたり》

沢田俊子《さわだとしこ》／文

飼い犬が車いすで元気になったのをきっかけに、車いすを作る仕事を始めた川西《かわにし》さんご夫妻。車いすを作ってもらった犬たちにはそれぞれのドラマがありました。

盲導犬不合格物語《もうどうけんふごうかくものがたり》

沢田俊子《さわだとしこ》／文
佐藤《さとう》やゑ子《こ》／絵

不合格になるのは「ダメな犬」だからなのでしょうか？　訓練を受けても、約半数は盲導犬になれません。では"不合格犬"たちは、その後どうなるのでしょう？

憧《あこが》れの王子《おうじ》が
となりの席《せき》
仲良《なかよ》しの
双子《ふたご》の姉妹《しまい》が
入《い》れ替《か》わって
平凡女子《へいぼんじょし》が
キラキラ女子《じょし》に大変身《だいへんしん》
高杉六花《たかすぎりっか》／作《さく》
万冬《まふゆ》しま／絵《え》
ひなたとひかり

女子《じょし》が大《だい》っきらいな
男子《だんし》・柳《やなぎ》 鉄夫《てつお》（中《ちゅう》2）
と男子《だんし》が超《ちょう》ニガテな
主人公《しゅじんこう》・石野《いしの》果穂《かほ》（中《ちゅう》2）が
生徒《せいと》の恋《こい》を取《と》りしまることに！
伊藤《いとう》クミコ／作《さく》
瀬尾《せお》みいのすけ／絵《え》
恋《れん》愛《あい》禁《きん》止《し》!?
最初《さいしょ》は「は？」ってなるけど最後《さいご》は納得《なっとく》するから安心《あんしん》して。めちゃくちゃ続《つづ》きが気《き》になる本《ほん》だよ！
（シェリーさん・中1）
ジュニア編集者《へんしゅうしゃ》の感想《かんそう》
前代未聞《ぜんだいみもん》!? 恋愛禁止《れんあいきんし》のラブコメ！
（栞さん・小5）

「講談社《こうだんしゃ》 青《あお》い鳥文庫《とりぶんこ》」刊行《かんこう》のことば

太陽《たいよう》と水《みず》と土《つち》のめぐみをうけて、葉《は》をしげらせ、花《はな》をさかせ、実《み》をむすんでいる森《もり》。小鳥《ことり》や、けものや、こん虫《ちゅう》たちが、春《はる》・夏《なつ》・秋《あき》・冬《ふゆ》の生活《せいかつ》のリズムに合《あ》わせてくらしている森《もり》。森《もり》には、かぎりない自然《しぜん》の力《ちから》と、いのちのかがやきがあります。

本《ほん》の世界《せかい》も森《もり》と同《おな》じです。そこには、人間《にんげん》の理想《りそう》や知恵《ちえ》、夢《ゆめ》や楽《たの》しさがいっぱいつまっています。

本《ほん》の森《もり》をおとずれると、チルチルとミチルが「青《あお》い鳥《とり》」を追《お》い求《もと》めた旅《たび》で、さまざまな体験《たいけん》を得《え》たように、みなさんも思《おも》いがけないすばらしい世界《せかい》にめぐりあえて、心《こころ》をゆたかにするにちがいありません。

「講談社《こうだんしゃ》 青《あお》い鳥文庫《とりぶんこ》」は、七十年《ねん》の歴史《れきし》を持《も》つ講談社《こうだんしゃ》が、一人《ひとり》でも多《おお》くの人《ひと》のために、すぐれた作品《さくひん》をよりすぐり、安《やす》い定価《ていか》でおおくりする本《ほん》の森《もり》です。その一さつ一さつが、みなさんにとって、青《あお》い鳥《とり》であることをいのって出版《しゅっぱん》していきます。この森《もり》が美《うつく》しいみどりの葉《は》をしげらせ、あざやかな花《はな》を開《ひら》き、明日《あす》をになうみなさんの心《こころ》のふるさととして、大《おお》きく育《そだ》つよう、応援《おうえん》を願《ねが》っています。

昭和《しょうわ》五十五年《ねん》十一月《がつ》

講談社